MW00588298

Los tres pasos

Arnie Warren

Los tres pasos

Un relato imprescindible para definir
nuestra verdadera pasión laboral

EMPRESA ACTIVA

Argentina - Chile - Colombia - España
Estados Unidos - México - Venezuela

Título original: *Find Your Passion*
Edición original: Pallium Books, Florida, EE. UU.
Traducción: Mireia Terés

Aribau, 142, pral. - 08036 Barcelona
www.empresaactiva.com
www.edicionesurano.com

ISBN: 84-95787-14-8
Depósito legal: B - 5.335 - 2002

Fotocomposición: Ediciones Urano, S. A.
Impreso por Romanyà Valls, S. A. - Verdaguer, 1 - 08786 Capellades (Barcelona)

Impreso en España - *Printed in Spain*

Dedicado a aquellos que siempre supieron que habían nacido para hacer algo pero que no sabían cómo encontrarlo.

Agradecimientos

Me gustaría dar las gracias a Carolyn Kerner Stein por abrirme las puertas de Malasia; a Rameez Yahaya del Consulado de Malasia y a Yuslen de la Embajada de Malasia; a Steve Behar, de Behar Shirt Company, por compartir conmigo la historia de su empresa y por introducirme en el proceso de fabricación de camisas; a Don Donaldson, de Barton & Donaldson Shirtmakers en Filadelfia, por sus inestimables consejos técnicos; a Kathleen Field por su apoyo constante y a Katherine Glover, de INTI Publishing, por sus sugerencias.

A la doctora Joyce Abbott, Rita Ackrill, Jim Barber, Stephen Baberadt, Julia Connor, Joan McGrane Cutlip, Richard Fuller, Joy Krause, Caroline Mansur, Marlene Naylor, Theresa Nelson, Sal y Judy Ronci, Anne Stanton, Angie Tennyson, Julie Thompson, Mary Westheimer y Ron White. Muchas gracias a todos por vuestros comentarios y sugerencias durante el proceso de elaboración del libro.

Por último, a Linda Sacha, editora, amiga y mentora. He descubierto que su contribución no me afecta únicamente a mí. Linda capta siempre la panorámica general de las cosas y, en este caso, nos hizo algunos de sus regalos especiales para que todo el que lea estas páginas encuentre su lugar en la vida mucho más pronto.

Reconocimiento

Me gustaría expresar mi gratitud a la doctora Edith Donohue por su generosidad al permitirme utilizar los conceptos que se exponen en este libro.

La doctora Donohue, graduada por la Universidad Johns Hopkins, es consejera y ayuda a sus clientes a descubrir la profesión para la que nacieron. Esta ayuda se traduce en una entrevista de noventa minutos que ahonda en el pasado de cada persona para desvelar sus cualidades especiales. Sus investigaciones sobre este tema se convirtieron en el núcleo de su tesis doctoral que desarrolló en la Union Institute Graduate School.

Lo que hace es explorar, escuchar, y luego traducir el mosaico de recuerdos y pensamientos que la persona ha expresado en algo tangible que el cliente pueda llevar a la práctica. Como ella misma dice: «Descubrir la cualidad de alguien es la piedra angular de una carrera satisfactoria, una carrera que utiliza esa cualidad en un trabajo remunerado y en servir a los demás, ya que actuar en función a tu cualidad básica siempre aportará satisfacciones y alegrías a tu vida».

Aunque la historia que presentamos es ficticia, los conceptos fundamentales son reales, y tienen sus orígenes en un hecho comprobado que ha ayudado a cientos de personas a encontrar su lugar en la vida. Esperamos que nuestros esfuerzos te reporten algún beneficio.

E.D./A.W.

*«La pasión es el ingrediente básico para construir una forma de vida exitosa. Es la fuente de inspiración y creatividad. Refuerza la determinación, las esperanzas y las aspiraciones internas. Sin pasión, es muy difícil marcarse objetivos realistas y desarrollar planes para alcanzar esos objetivos.»**

JAMES W. MCLAMORE

* James McLamore, The Burger King, ©1998, McGraw-Hill. Reproducido con autorización de McGraw-Hill Companies

Prólogo

Hubo una época en la que los hombres y las mujeres no podían escoger su profesión. Nacían para continuar con el negocio del padre o para llevar una aburrida vida de privilegios reales. De modo que, durante miles de años, la pregunta «¿Qué me apasiona hacer en esta vida?» raramente salió de los labios de nadie.

Hoy, sin embargo, todo el mundo es libre de hacerse esa misma pregunta, aunque por desgracia hay mucha gente que no sabe qué responder porque nadie le ha enseñado a hacerlo.

El protagonista de esta historia es un joven llamado Zaine, al que a lo largo de estas páginas verás descubrir y aplicar tres sencillos pasos para encontrar la carrera para la que nació; tres sencillos pasos que te enseñarán a DESCUBRIR TU PASIÓN.

Uno

11 p.m.: la noche que me propusiste matrimonio

Querido Zaine:

Te dije que te daría una respuesta por la mañana, pero sé que si te tuviera delante no sería capaz de decirte lo que siento en el corazón sin echarme a llorar. Me flaquearían las fuerzas y caería en tus brazos incluso antes de empezar. Así que te escribo mis pensamientos de todo corazón.

Por favor, ten en cuenta que escribo estas palabras porque me importas, me importa el futuro de los dos, de un modo que no te puedes imaginar.

Zaine, quiero que mires conmigo tu futuro. Tu padre construyó su fábrica de camisas aquí en Malasia, y cada vez te está dando más responsabilidades. No estoy menospreciando la importancia de tu trabajo. Sencillamente me pregunto si eso es lo que quieres hacer el resto de tu vida. Cuando te miro a los ojos no veo ninguna pasión por ese trabajo. Zaine, no puedes vivir, vivir de verdad, sin sentir pasión por lo que haces. Creí que, como estadounidense, podrías hacer lo que quisieras en la vida. ¿Dónde está ese espíritu? Mi amor, mira a tu alrededor, más allá de Batupura, encuentra lo que más te gusta hacer en este mundo y vuelve a mí con esa pasión.

Quiero decir «sí» a tu proposición, porque te quiero mucho, pero… por favor, y por ahora, tómate este tiempo para centrarte en ti, hazlo por nuestra felicidad. ¿Tiene algún sentido todo esto? Rezo para que se lo encuentres dentro de un tiempo razonable.

Me voy a Hong Kong. El instituto de dirección me ha contratado con el fin de que les asesore en un programa educativo que están poniendo en marcha.

Querido, puede que esta sea la carta más dura que jamás hayas leído o que yo haya escrito nunca, pero te la envío con toda mi ternura y todo mi amor.

Siempre tuya,

Rayna

Zaine dejó caer la carta en el regazo mientras se sentaba en las escaleras del porche de su casa y perdía la mirada entre las montañas de Batupura, difuminadas detrás de una neblina púrpura. Notó una sensación de ahogo. La mujer que admiraba y adoraba y a la que quería como esposa le había enviado una onda expansiva que lo había atravesado.

La idea de perder a Rayna era devastadora y la idea, la persistente idea, de no llegar a saber lo que quería ser de mayor le volvió a surgir como un demonio en su mente. Era un tormento que lo había perseguido desde la adolescencia hasta ese mismo instante. Y Rayna había sacado a relucir esa falta de decisión.

Miró hacia la casa de su padre y lo vio caminando junto a la galería. Cuando Atan se dio cuenta de su presencia, se detuvo y le indicó con un gesto que se acercara.

Zaine no quería moverse. Estaba inmovilizado por el golpe, pero aun así se levantó y, con la carta apretada en la mano, recorrió el camino que llevaba a la casa de su padre.

Dos

—Buenos días, hijo —le dijo Atan.

Zaine no respondió y se limitó a subir las escaleras hasta la galería.

—¿Estás bien?

Por toda respuesta, el muchacho le lanzó la carta en las manos. Atan buscó los ojos de su hijo mientras cogía la carta en el aire y se dirigió hacia una silla de mimbre blanca que había en la galería. Cuando se sentó, sacó las gafas del bolsillo de la camisa, se las puso y se dispuso a leer la carta de Rayna.

Zaine se sentó delante su padre, con los brazos cruzados. Miró por encima de la barandilla gris, más allá de Atan, de los grandes recipientes de té colocados al azar, protegidos con helechos, hacia la esquina de la casa de donde colgaba una hamaca azul y amarilla en la tranquilidad de la mañana.

Su padre alzó la mirada del papel.

—Ah, Zaine —dijo, con un suspiro, se levantó y se colocó detrás de la silla de su hijo. Lo agarró con firmeza de un hombro y luego empezó a mover la mano dándole un suave masaje mientras se le acercaba al oído y le susurraba—. Has encontrado una buena mujer, hijo. Una mujer muy buena —dijo, suavemente.

—¿Una buena mujer te rompe el corazón? —contestó Zaine, con la voz áspera por la emoción, el semblante exhausto e inexpresivo.

—Es una mujer que te quiere tanto que se arriesga a perderte para que puedas encontrarte a ti mismo —dijo Atan, asintiendo varias veces con la cabeza mientras volvía a su silla.

Zaine se levantó y fue hacia el final de la galería, dándole la espalda a su padre.

—¿Por qué me ha hecho esto?

—No te lo ha hecho a ti, lo ha hecho por ti —le contestó Atan.

Se quedaron otra vez en silencio.

—Creo que voy a ir a Hong Kong a hablar con ella.

—¿Y qué le dirás cuando la veas?

—No lo sé. Estoy muy confundido. Estoy realmente disgustado y enfadado, muy enfadado. Pero a pesar de todo, la quiero más que a nada en el mundo.

Atan miró hacia las lejanas montañas mientras expresaba en voz alta sus pensamientos.

—Debo decir que estoy de acuerdo con Rayna. Lo único que le falta a tu vida es la oportunidad de explorar para descubrir lo que te gustaría hacer.

—Creía que estaba haciendo lo que se suponía que debía hacer.

Atan levantó una ceja y, de repente, Zaine cayó en la cuenta de que estaba haciendo lo que su padre quería que hiciera y que se había olvidado por completo de descubrir qué quería hacer él. Y eso era en lo que Rayna quería que pensara.

—Soy feliz haciendo lo que hago —dijo, a la defensiva.

—¿De verdad? —dijo Atan, de un modo sarcástico—. Entonces, ¿dónde está esa pasión de la que habla Rayna?

—¿Estás de su parte?

—Hijo, los dos estamos de tu parte. ¿Quieres a Rayna?

—Claro.

—Ella quiere que ames tu trabajo con la misma pasión que la amas a ella.

—¡Pero no sé cuál es mi pasión! Papá, hemos discutido esto miles de veces. Tú y mamá siempre me preguntabais qué quería hacer cuando fuera mayor. Y todavía no lo sé. ¡Ni siquiera sé por dónde empezar!

—Ella te lo ha dicho en la carta.

—Me ha dicho que mirara a mi alrededor.

—Bueno, pues entonces hazlo —contestó su padre.

—¿Que busque qué? —le preguntó él con brusquedad.

—Lo que te gustaría hacer en la vida.

—¿Y crees que mirando a mi alrededor lo encontraré, así, por arte de magia?

Atan se echó hacia atrás contra el mimbre de la silla.

—Si quieres a Rayna debes marcharte. No esperes encontrarlo aquí, tienes que ponerte en movimiento.

Zaine buscó algo de ternura en la mirada de su padre, pero sólo descubrió una determinación implacable. Entonces, con la voz temblorosa, dijo:

—Hace nueve años me enviaste a la Marina, y ahora vuelves a echarme.

—La Marina te enseñó lo que no querías hacer. Ahora debes descubrir lo que quieres hacer. —Atan se levantó de la silla—. Vamos dentro, estaremos más frescos.

Los dos se fueron por la galería; sus sombras brillaron sobre el reflejo del rocío de la mañana que recorría las paredes de la casa.

Tres

Entraron en la casa. Pasaron delante de la fuente que había en medio del vestíbulo, y de la que brotaba continuamente agua, otorgándole al ambiente la humedad ideal para los helechos y las orquídeas que colgaban de allí; luego se dirigieron hacia la cocina.

Zaine tenía veintisiete años, era alto y delgado y un mechón de pelo negro le caía encima de la frente. El color de su piel era perfecto, fruto de la unión de su padre malasio y su madre estadounidense. A ella, que era cantante profesional de opereta, se le rompió el traje con un clavo del escenario en medio de una representación en Kuala Lumpur, durante una gira mundial. Para arreglarlo llamaron al sastre Atan Nasir, y en cuanto los dos se conocieron iniciaron un insólito romance: la cantante y el sastre, la estadounidense y el malasio. Tras un año de correspondencia, Atan fue a verla a Estados Unidos, se casó con ella y ambos se establecieron en la ciudad natal de Naomi, Fall River, Massachusetts, una increíble ciudad textil. Un año más tarde, nació Zaine.

Elegir un nombre para el niño fue bastante complicado. Atan quería que se llamara Malay, pero Naomi prefería un nombre americano. Él propuso Omar, Zaine y Ramli. Ella, Bob, Charles y Harold. Tras una larga discusión, Naomi aceptó el nombre de Zaine. Cuanto más lo decía en voz alta, más le gustaba: era como de cowboy y le sugería un espíritu libre y una voluntad fuerte.

Zaine apartó una silla de la mesa de la cocina y se sentó. Pasó el dedo pulgar por una de las muchas marcas que había en la oscura madera de la mesa mientras su padre traía fruta fresca y dos platos, luego volvió para coger dos cuchillos para pelarlas. Él no dejaba de observarle. Se acordó de cuando volvió del campo de reclutamiento de la Marina y se dio cuenta que la conducta de su padre había cambiado. La cara sonriente que recordaba de su infancia ahora reflejaba tristeza por la pérdida de Naomi.

Cuando él todavía iba al instituto, a su madre le diagnosticaron un cáncer. Sorprendentemente, murió al cabo de cinco meses. Pasó los años de instituto sumido en un aturdimiento permanente. Atan se dio cuenta de la situación de su hijo y, después de la graduación, le dijo:

—Tienes que irte. Debes buscar algún estímulo.

—¿Qué quieres que haga?

—Que te apuntes a la Marina.

—¿A la Marina? —dijo Zaine, un tanto estupefacto.

—Sí, ve a la oficina de reclutamiento.

Recordaba perfectamente la emoción y el entusiasmo con el que fue a casa para decirle a su padre que se había alistado. Trece semanas más tarde, tras finalizar el período de reclutamiento, se fue a casa un fin de semana de permiso. Estaba muy impaciente por mostrarle a su padre el uniforme, pero en cuanto entró en casa se quedó helado. Habían desaparecido las cortinas y el salón estaba lleno de cajas.

—Papá, ¿qué pasa? —dijo; su voz resonó en la habitación casi vacía.

—Vuelvo a Malasia.

Jamás se hubiera imaginado que su padre quisiera volver a su país. Nunca había hablado de eso.

—¿Y por qué quieres volver?

Atan le dijo que sin Naomi y él lejos, haría algo que siempre había querido hacer: fabricar sus propias camisas. Las fábricas textiles de Fall River habían despertado su pasión por ese mundo.

Él se quedó muy desorientado. Ahora su hogar estaría en algún lugar lejos de River Fall, lejos de Estados Unidos. No tenía ninguna tabla de salvación donde agarrarse, se sintió desarraigado física y emocionalmente.

Lo destinaron al Fort Ord, en California, y la Marina le gustó hasta el día que el sargento le ordenó que arrancara la hierba que crecía en las grietas de la acera. En ese mismo momento y lugar todo plan de seguir una carrera militar se desvaneció en él.

Abandonó la Marina con el rango de cabo y cruzó todo el Pacífico para ver su nuevo hogar en un nuevo país. Su padre fue a recogerlo al aeropuerto de Kuala Lumpur y condujeron las dos horas de camino hasta Batupura los dos solos. Atan había comprado una propiedad en la que había una casita con un camino que la comunicaba con la casa principal. La casita era para él.

Unos años más tarde ocurrieron dos cosas: aprendió a dirigir una fábrica de camisas y se enamoró de Rayna. Ella lo deslumbró, y sin embargo, ahora lo había hecho bajar de las nubes y le había ofrecido un pedazo de realidad. «No puedes vivir de verdad sin apasionarte por lo que haces en la vida.»

Atan se sentó, cogió un mango del frutero y empezó a pelarlo.

—Entonces, ¿qué viene ahora, papá? —dijo él de muy mal genio.

Atan pasó por alto el tono de su hijo.

—Te estoy dando libertad para que descubras tu pasión en la vida. Libertad para que vayas a buscarla donde quieras, y con suerte la encontrarás. Empieza mañana por la mañana.

Zaine no sabía si irse o quedarse. Sabía que el negocio de su padre se había estancado. Las ventas estaban bajando a pesar de la gran calidad y los exclusivos diseños malasios que su padre creaba.

—Si me voy ahora, tendrás que cerrar el negocio antes de que vuelva.

—Ya me ocuparé yo de mantener el negocio en marcha —contestó él.

—Tú sueñas —dijo Zaine, con insolencia.

—En primer lugar, si no hubiera sido por un sueño esta fábrica no existiría —dijo Atan muy decidido.

—Pero papá, sé realista. ¿De dónde vamos a sacar el dinero para pagar el viaje?

Atan dibujó una gran sonrisa en el rostro.

—Esa es la buena noticia. Durante la enfermedad de tu madre decidimos sacar parte de nuestros ahorros y ponerlos aparte para ti, para una ocasión especial. Son diez mil dólares. —Atan se levantó, fue a su habitación y al cabo de un momento volvió con un sobre en la mano—. Toma, Zaine.

Zaine miró el sobre. Había algo escrito: «Para mi querido hijo Zaine». El pegamento estaba muy reseco y le costó bastante abrir la solapa. Sacó la carta muy lentamente.

Querido Zaine:

Tu padre debe pensar que este es un momento muy especial de tu vida para haberte dejado leer mi carta.

Quizá vas a casarte o vayas a tener un hijo. No puedo imaginarme en qué vas a gastarte el di-

nero que ahorramos para ti. Tu padre y yo estuvimos de acuerdo en que lo usarías para algo grande, algo importante.

Zaine, hijo mío, celebraré tu alegría en lo que sea que apliques este regalo.

Amor eterno,

Mamá

Se le inundaron los ojos de lágrimas. No podía articular palabra. Al final consiguió decir:

—Gracias.

Zaine dobló la carta con cuidado y la metió en el sobre. Todo estaba tan tranquilo que podía oír el borboteo del agua en la fuente del vestíbulo y el zumbido de las cigarras en el exterior.

Entonces, con la voz entrecortada, dijo:

—¿Por dónde empiezo?

—Hay una mujer mayor que vive hacia el sur —le explicó Atan, inclinándose hacia atrás en la silla—, que creo que podría ayudarte a empezar. Se llama Mara Hashimi. Ha trabajado en todo el mundo como institutriz de algunas de las mejores familias.

—¿Dónde la conociste?

—Me invitaron a su fiesta de jubilación hace varios años, cuando estabas en la Marina. Una señora muy simpática. Puede que sus experiencias y su comprensión te den alguna pista.

—Y, exactamente, ¿dónde puedo encontrarla?

—A unos veinticinco kilómetros al sur, verás unos cuantos puentes colgantes a la derecha que atraviesan un riachuelo de aguas turbias. Vive cerca del tercer puente. Crúzalo y pregunta por Mara Hashimi.

Los dos se quedaron de pie. Atan se colocó delante de su hijo y lo cogió por los hombros.

—Zaine, en Fall River vi demasiada gente que odiaba su trabajo, que no estaban contentos con su vida y que no sabían qué hacer al respecto. Rayna y yo no queremos que eso te ocurra a ti. Ahora vete y descubre la carrera para la que naciste —lo abrazó y le susurró—: Te quiero, hijo mío.

Los dos se fundieron en un abrazo y en cuanto notó que los brazos de su padre se aflojaban, se giró para ir hacia el vestíbulo. Al llegar a la fuente, se inclinó, hundió las manos en el agua y se salpicó la cara varias veces hasta que se sintió más fresco. Luego salió hacia el húmedo calor de Batupura.

Mientras caminaba por el camino no dejaba de preguntarse: «¿Qué quiero ser cuando sea mayor?». Y le divirtió lo infantil que sonaba aquello.

Recordó que de pequeño su madre le hacía la misma pregunta, y que cuando no respondía, le leía de la Biblia la historia de Bartomeo, aquel ciego que estaba sentado junto al camino, perdido entre la multitud, y que llamó al Rey de Reyes cuando éste pasó junto a él. La multitud intentaba hacerle callar, pero él siguió llamándole una y otra vez hasta que el Rey lo oyó. Y como no dejó de llamar, recuperó la vista. Al final, su madre siempre le decía: «Ahora está pasando ante ti, Zaine. Llámalo. ¡Dile lo que quieres!», pero no podía, entonces no podía.

Ahora, sin embargo, levantó la mirada hacia el cielo e imploró, desesperado:

—Por favor. Ayúdame a encontrar la carrera adecuada. ¡Una carrera que me apasione!

Cuatro

Por la mañana, Zaine puso la maleta en el maletero de su viejo Toyota plateado y se subió al coche. Miró su casa a través del parabrisas y se preguntó cuándo volvería.

Entonces, dirigió su mirada hacia las montañas y pensó en por qué la gente las escala; inmediatamente le vino a la mente la respuesta que todo el mundo ha oído alguna vez: porque están ahí. Pues bien, él iba a escalar su propia montaña para descubrir qué había en la cima.

La brisa agitó las hojas de las palmeras que emitieron un sonido áspero al rozarse entre ellas. Puso el coche en marcha, el motor empezó a rugir y el tubo de escape escupió una nube de humo. Salió del camino de hierba de su casa y se metió en la carretera pavimentada que lo llevaría al sur, hacia Mara Hashimi. Conocía el camino; una carretera sinuosa con una densa vegetación a ambos lados. Notó que a medida que avanzaba, lo invadía una sorprendente sensación de entusiasmo.

Al cabo de un rato, vio el riachuelo que corría paralelo a la carretera. A continuación, el primero de los puentes de los que le había hablado su padre, más allá el segundo y, por fin, el tercero. Redujo la velocidad y se detuvo.

Salió del coche, se estiró y se dirigió hacia el puente. No era más que unas cuantas tablas flojas, curvadas por el sol y colocadas encima de dos caballetes de cuatro patas dispuestos sobre dos cables que iban de orilla a orilla. Barato y rudimentario, pero eficaz. No había barandilla, sólo un cable a cada lado para evitar que la gente se cayera al agua. Caminar por encima de las tablas le provocó una sensación extraña, ya que a medida que las pisaba saltaban, le hacían tambalearse y perder el equilibrio; además, el puente no dejaba de mecerse de un lado a otro. Al final, una vez que consiguió cruzarlo, medio corriendo medio caminando, sus ojos tuvieron una grata visión: tres preciosas casas, cada una con un encanto único, y una mujer joven que llevaba puesto un vestido de flores y que se hallaba en el porche de una de aquellas viviendas. Mientras se le acercaba, ella no dejó de sonreírle.

—Hola —dijo él.

Ella le respondió con un gesto de la cabeza.

—¿Podría decirme dónde vive Mara Hashimi?

—Claro —dijo ella—. Aquí, y yo soy su sobrina.

—Me llamo Zaine Nasir. Soy de Batupura.

—Yo me llamo Azizah. ¿Por qué no entras, Zaine? Mara está en casa.

Azizah era una mujer sencilla y gruesa con una cara redonda y unos ojos marrones muy expresivos.

Zaine entró en el salón, que tenía por pavimento una colorida composición a base de baldosas rosas y moradas con una flor amarilla en cada una. Una de las paredes estaba tapada por una librería. En la otra, había un sofá de ratania lleno de cojines y, delante del sofá, una mujer mayor sentada en una mecedora que le estaba sonriendo.

—Mi tía Mara —dijo Azizah.

—Hola —dijo él—. Me llamo Zaine.

—Zaine, te traeré un zumo frío. ¿Tú también quieres uno, Mara?

—Sí, por favor —contestó ella.

Azizah apartó la cortina que separaba el salón y el comedor y se fue corriendo a la cocina, que estaba en la parte trasera de la casa.

—Mi padre me ha dicho que hable con usted —dijo Zaine, sentándose en el sofá.

La señora asintió con la cabeza mientras se mecía y emitía una serie de sonidos como si se aclarara alguna parte interna entre la nariz y la garganta. Con los labios apretados, expulsó aire por la nariz y terminó con un sonido *k'hm*. Zaine supuso que era una especie de tic sonoro, pero la frecuencia con lo que lo hacía no llegaba a molestar.

—¿Te ha enviado tu padre? —preguntó ella, cordialmente.

Zaine asintió.

—¿Es político?

—Oh, no —contestó él, riéndose—. Tiene una fábrica de camisas en Batupura. Asistió a su fiesta de jubilación.

Mara se quedó callada mientras se mecía. Llevaba el cabello, pelirrojo canoso, recogido hacia atrás en un moño mal hecho y sujeto con un palillo de marfil, el único adorno que se había permitido, y un vestido negro muy soso acompañado por unas zapatillas deportivas blancas con el inconfundible símbolo de Nike. Tenía un brillo en los ojos que indicaba una mente activa y, quizá, sentido del humor. Zaine calculó que debía de tener unos ochenta años.

Azizah volvió de la cocina con las bebidas frías y se sentó en el sofá junto a Zaine.

—Gracias, Azizah —dijo él, dando un sorbo.

Mara se colocó el vaso helado junto a la mejilla.

—Zaine, ¿por qué te ha enviado tu padre aquí?

—Me dijo que como usted había viajado tanto quizá podría ayudarme. ¿Era institutriz, no?

—Sí. He estado por todo el mundo. *Hmm...* Me encantaba ser institutriz —dijo, y bebió un trago bastante largo de zumo—. Estuve cinco años con una familia. El señor era escritor. Le encantaba escribir historias sobre personas.

A Zaine se le iluminaron los ojos, cautivado

por el tono de voz aflautado de Mara, que no dejaba de mecerse impulsándose con los pies, que tenía firmemente apoyados en el suelo.

—Fuimos a España y allí escribió una historia sobre un torero enano. La persona más valiente que he visto en mi vida. *El Enano Torero*. Con el traje de luces rojo y oro, se plantaba delante del toro, al que le llegaba a la altura de los ojos, y cada vez que el animal lo embestía y la gente se ponía a gritar, él se apartaba a tiempo.

Zaine se imaginó el aliento del toro en la cara del enano y la baba colgándole del morro.

—Después, una vez finalizada la corrida, la gente le lanzaba flores. Entre vítores y aplausos, los hombres saltaban de las tribunas y lo sacaban a hombros de la plaza. Allí estaba un hombre que quería ser grande, y ser torero en Pamplona es lo más grande que puedes ser.

—Es una historia preciosa —dijo Zaine—. Ese hombre sabía lo que quería ser en la vida, y eso es exactamente lo que mi padre quiere que descubra, y lo que yo también quiero descubrir —y la emoción fue a más cuando añadió—: Por eso he venido.

—¿Quieres que descubra lo que se supone que debes hacer en la vida? ¿Has venido por eso? —Mara dejó de mecerse y le dijo—: ¡Se supone que eso debes descubrirlo tú!

Aquella brusquedad le cogió por sorpresa, pero se rehízo en un instante y le preguntó:

—¿Cómo descubrió que su pasión era ser institutriz?

—Uy, de eso hace ya mucho tiempo —contestó Mara, con una sonrisa en los labios—. Hmm... De pequeña, aquí en Malasia, cayó en mis manos una revista del *National Geographic*. Había fotografías de lugares muy lejanos e inmediatamente quise visitarlos todos. Quería viajar. Siempre me gustó. Un día, mientras me encontraba trabajando en el mostrador de información de un hotel en Kuala Lumpur, se plantó ante mí un marinero estadounidense, y en el mismo instante que lo vi, me enamoré. Vino directo hacia mí y me preguntó... —hizo una pausa y se rió—. Para serte sincera, no me acuerdo de lo que me preguntó, era tan endemoniadamente guapo. —Ella y Azizah se rieron—. Apenas oí ni una palabra de lo que dijo. Nos lo pasamos estupendamente durante su estancia y me entristecí muchísimo cuando lo vi partir. Unos meses más tarde me escribió desde Estados Unidos y me pidió que fuera a Newport, en Rhode Island, donde vivía. Me pagó el billete, ¡con el sueldo de un marinero!

—¿Y usted fue?

—Sí, en contra de la voluntad de mis padres. Mi partida fue una escena muy triste, pero para mí era la primera vez que podía viajar. Tardé una eternidad en llegar a Providence, en Rhode Island, donde se suponía que él iba a recogerme. Pero cuando llegué no le vi. Entonces llamé a su casa, y sus padres me dijeron que él no estaba y que ellos no sabían nada de mi visita. ¡Qué te parece! —dijo, meciéndose un momento en silencio.

—Pero ¿por qué?

—¿Quién sabe? Puede que se asustara, no lo sé —dijo, con nostalgia, mientras se seguía meciendo.

Zaine la miró a los ojos. Tenía la mirada perdida recordando aquellos tiempos.

—De todos modos —continuó—, encontré un lugar para vivir y trabajé en todos los sitios que pude. Hice de canguro, de dependienta en unos grandes almacenes y de camarera en un restaurante, y ahorré lo suficiente para pagarme varios cursos en la universidad. ¿Y sabes lo que descubrí cuando fui a la universidad? Que me gustaban los idiomas. Y también, que de todas las cosas en las que había trabajado, la que hacía más a gusto era la de estar con niños. Así que después de reunir todos estos elementos, viajar, idiomas y niños, me quedó claro que yo era una candidata perfecta para ser institutriz.

Mara tenía tanta facilidad de palabra y tan pocas pretensiones que Zaine no tardó mucho en sentirse lo suficientemente cómodo como para compartir con ella un asunto privado del corazón.

—Debo confesarle algo —dijo, impulsivamente—. La urgencia de descubrir mi pasión se debe a la carta que me ha escrito la mujer que quiero. La recibí el día después de pedirle que se casara conmigo —confesó, al tiempo que la sacaba del bolsillo.

Las dos mujeres lo escuchaban atentamente. Azizah abrió los ojos como platos, Mara emitió un *k'hm*.

—Zizi, más zumo por favor. Trae una jarra.

—Enseguida —dijo Azizah, levantándose inmediatamente del sofá—. Zaine, no digas ni una palabra hasta que vuelva —le ordenó mientras se iba.

Para romper el silencio, Zaine le preguntó a Mara:

—¿Se casó usted alguna vez?

—Casi, Zaine. Casi me caso en un par de ocasiones —rió ella—. Mi madre me dijo que me casara con un hombre con cuyos errores pudiera vivir. Bueno, ¡me concentré en los errores de todos los hombres que conocí y los rechacé a todos! —dijo, riéndose a carcajadas. Su visita le había alegrado el día. *Hmm...*

Azizah volvió en un abrir y cerrar de ojos con la jarra de zumo y la dejó encima de la mesa. Zaine le pasó la carta a Mara. Zizi se colocó detrás de la mecedora para leerla por encima del hombro de su tía. Él se sirvió un vaso de zumo y se sentó.

Cuando terminaron, Mara dijo:

—Bueno, bueno. Es una mujer muy madura para su edad. Eres un hombre afortunado. Rayna sabe lo que es la pasión, pero creo que tú no —dijo, y continuó alzando la voz—. La pasión es la emoción más fuerte que existe. Yo no puedo decirte lo que se supone que debes hacer en la vida, pero te hablaré de lo que han dicho otros cuando han encontrado una profesión que realmente les apasiona. Conocí a una mujer que trabajaba en la construcción. Le pregunté la razón por la cual había hecho esa elección, ya que es un trabajo por el que nunca dirías que una mujer se puede sentir atraída. Pues bien, ¿sabes lo que me contestó?: «Me encanta, me gusta todo, hasta el olor». ¡Eso es pasión! Azizah siempre supo que quería ser profesora. Cuéntale por qué, Zizi.

—No me sentiría completa haciendo otra cosa.

—¿Lo ves? —dijo Mara—. No estaría completa si no enseñara. ¡Eso es la pasión! Ahora bien, también quiero que sepas lo que le pasa a la gente que no encuentra su pasión. Una vez fui institutriz del hijo de un adinerado agente de bolsa de Nueva Jersey. Desde el día que nació sus padres le planificaron la vida. Iría a un colegio privado, a la universidad y, de ahí, a ocupar un alto cargo en alguna gran empresa. Y así lo hizo. Recibo una postal suya de vez en cuando. Hace unos cuatro años me envió una. Azizah, la postal de Curtis está en el cajón de la mesilla de noche. ¿Puedes traérmela, por favor?

La chica atravesó corriendo la cortina que separaba el salón del resto de la casa y volvió con la postal en la mano.

—Sí, es esta. Escucha lo que me escribió: «Pienso en ti muy a menudo con alegría y respeto». ¡Zaine, han pasado casi cuarenta años desde que lo cuidaba!

—Le debió causar muy buena impresión.

—Era un niño encantador. Sin embargo, su historia está llena de tristeza. Escucha cómo sigue: «Todavía no sé lo que quiero ser cuando sea mayor». Este hombre es vicepresidente de una empresa muy poderosa. ¡Tenía cincuenta y un años cuando escribió esto! Sus padres le robaron la oportunidad de escoger lo que quería hacer en la vida. ¡Le robaron su futuro! ¡Su vida! —alzó la voz y con un impulso volvió a mecerse—. Nunca le dejaron probar cosas nuevas, o nunca se atrevió a pensar en ellas. No te dé miedo hacerlo, Zaine. Te demuestran que estás vivo.

—Bueno, yo estoy seguro de que estoy vivo —dijo él entre dientes.

—No, en Batupura has estado existiendo, no viviendo. Creías que estabas viviendo, pero no lo hacías. Una vez me quitaron unos cálculos biliares. Estaba en, mmm, ¿cómo lo llamáis?

—¿En el hospital? —dijo Azizah.

—No, el hospital no. Por supuesto que estaba en el hospital. No. Dónde te llevan después del quirófano. La, mmm.

—Unidad de Cuidados In...

—Unidad de Cuidados Intensivos, eso —continuó—. Te conectan a una máquina que te controla el ritmo de los latidos del corazón, y si este se para lo único que ves en el monitor es una línea recta. La vida de algunas personas es una línea recta. Nunca experimentan la pasión.

Zaine se dio cuenta de que su vida en Batupura había sido una línea recta, y Rayna el revulsivo que necesitaba.

—Y ahora, hijo, estás empezando a vivir. ¿Adónde irás cuando salgas de aquí?

Antes de que pudiera responder, Mara le dijo:

—Vete a Estados Unidos. Los estadounidenses son aventureros por naturaleza. Tú eres estadounidense. Deberías saberlo. Descubre por qué en una sociedad libre todavía hay gente que no hace lo que quiere, que no hace aquello para lo que ha nacido. Hmm…

Cuando se despidieron, Mara le susurró:

—Y no te olvides del enano torero, ese pequeño gran hombre que arriesgaba la vida por su pasión.

Azizah sostuvo la puerta abierta mientras Zaine se despedía de Mara y luego lo acompañó hasta el puente.

—Azizah, ¿qué me pasa? ¿Por qué no sé cuál es la profesión de mi vida?

—No te pasa nada, Zaine —lo tomó por el brazo y continuó—: Algunos necesitamos un poco más de tiempo para llegar a nuestro destino.

—Creo que seguiré el consejo de Mara y me iré a Estados Unidos —dijo él.

—¿A qué ciudad de Estados Unidos? —le preguntó ella.

—A San Francisco.

—¿Y por qué allí?

—Porque está más cerca de casa —dijo, y se echó a reír—. En serio, me destinaron allí cuando estuve en la Marina. Conozco la ciudad.

Cuando llegaron al puente, Zaine le dio las gracias y cruzó el riachuelo, esta vez a grandes zancadas para evitar que el puente se balanceara. Subió al coche y siguió hacia Kuala Lumpur, donde tomaría un avión con destino a San Francisco.

Mientras conducía pensó en la gente de la que Mara le había hablado y que habían encontrado su sitio en el mundo. Aún así, estaba inquieto porque no le había dicho cómo lo habían hecho ni cómo lo habían reconocido cuando lo descubrieron.

Ahora bien, lo que Mara le había dejado perfectamente claro es que la vida sólo está completa cuando encuentras aquello para lo que has nacido. Zaine sabía que debía encontrar una profesión que lo apasionara, ya que, de lo contrario, su vida estaría incompleta, vacía..., tan vacía como un hogar sin Rayna.

Cinco

El Boeing 744 empezó a avanzar por la pista. Se elevó por encima de las montañas de Malasia y tomó rumbo hacia San Francisco.

Estaba a punto de iniciar su viaje, pero antes de irse había escrito dos postales; una a su padre...

Querido papá:

El encuentro con Mara ha ido muy bien. Es una mujer bastante excéntrica. Voy a tomar un avión hacia Estados Unidos.

Sé lo mucho que disfrutas estando en la fábrica y lo poco que te gusta encargarte de contactar con los clientes pero, por favor, no dejes que caigan las ventas. Es algo que me preocupa mucho.

Un abrazo,

Tu hijo

Y otra a Rayna...

Hey, Rayn:

Me voy a Estados Unidos a descubrir mi escurridiza «pasión». No sé qué voy a encontrar ni cuándo volveré, pero estoy muy ilusionado. Espero que la reunión en Hong Kong saliera bien. Te echo de menos.

Te quiero,

Z.

Hubiera querido que Rayna estuviera con él, que hubieran podido emprender ese viaje juntos, pero era consciente de que había ciertas cosas que tenía que hacer solo. Pensó en la ironía de aquella misión: alejarse de Rayna para estar más cerca de ella.

Las luces del avión se apagaron para que los pasajeros pudieran dormir. Suspiró y dejó volar los pensamientos hacia su futuro. ¿Trabajaría en una oficina? ¿Sería mecánico, piloto, vendedor? ¿Iría a la universidad como había hecho Mara y escogería las asignaturas que le dictara el corazón? Anotó en una lista unos cuantos empleos con la esperanza de que, de algún modo, sólo con mencionarlos se encendiera en su interior, por arte de magia, una llama de pasión. No se encendió ninguna.

Recordó las últimas palabras de Mara: «Descubre por qué en una sociedad libre todavía hay gente que no hace lo que quiere, que no hace aquello para lo que ha nacido».

Sonrió ante esa lógica aplastante. Aún así, mientras acomodaba la cabeza en la almohada, sintió que lo golpeaba una oleada de inseguridad. Era bastante desalentador buscar algo que no había podido descubrir hasta entonces. Y en ese mismo instante pensó para sus adentros: «Si estuviera buscando una aguja en un pajar, como mínimo sabría lo que estoy buscando».

Seis

Llegó a San Francisco al amanecer y un taxi lo llevó hasta el hotel Marriott. Tenían una habitación libre, así que subió inmediatamente y no tardó en quedarse dormido.

Pero a las dos del mediodía ya se encontraba en la cafetería reflexionando acerca de cuál debería ser su primer movimiento. Antes que nada necesitaba un poco de ropa.

El conserje le ayudó a alquilar un coche y, como conocía la ciudad, no tardó en encontrar los grandes almacenes Nordstrom's.

Mientras conducía por el centro, se volvió a maravillar ante las empinadas colinas y sonrió por el modo tan artístico que tenían los conductores de tranvías de hacer sonar la campana.

Sin embargo, una vez que se encontró en la sección para hombres de Nordstrom's, se quedó atónito ante el tamaño de las tiendas que habían abierto allí las distintas marcas: Ralph Lauren, Izod, Nautica, Tommy Hilfiger y muchos otros. Eran mucho más grandes de lo que las recordaba cuando las había visto cinco años atrás. Y sin duda, la más llamativa de todas era la de Michael Leonardi. Su logo central, una cabeza de león en primer plano y a tamaño natural del rey de la selva, estaba por todas partes.

Enseguida cogió una camisa para examinar el trabajo manual y tocar la tela como le había enseñado su padre. Pero en cuanto se puso a leer la etiqueta se quedó helado. La camisa que tenía en las manos la habían hecho en Taiwan. Cogió varias camisas más y descubrió que estaban hechas en otros países.

De repente, se le ocurrió algo. ¿Por qué no hacerlas en Malasia? «Nosotros podríamos hacer camisas para Michael Leonardi», pensó. Compró una y le preguntó a la dependienta dónde estaban las oficinas de Leonardi. La chica le contestó que en Nueva York. Zaine volvió corriendo al coche y se fue al hotel.

En cuanto llegó a la habitación, levantó el auricular del teléfono, y llamó a información para que lo pusieron en contacto con las oficinas de Michael Leonardi, aunque lo único que consiguió fue escuchar el mensaje del contestador automático informándole de que a esas horas estaban cerradas. Había olvidado las tres horas de diferencia entre la costa este y la costa oeste.

Pero en Batupura ya era de día y su padre ya estaría despierto. Lo llamó.

—Buenos días, papá. Estoy en San Francisco.

—Buenos días, hijo. ¿Cómo te ha ido el viaje? ¿Has encontrado algo que...?

—Papá, escucha. Tengo una idea. Acabo de

llegar de unos grandes almacenes. Deberías ver las camisas de todos los fabricantes. No todas están hechas en Estados Unidos. Jamás me había fijado hasta hoy. Quiero decir que había visto las etiquetas miles de veces, pero que hasta ahora no me había dado cuenta. Las hacen en Taiwan, Jamaica y México, y estoy pensando que quizá podríamos hacerlas en Malasia. ¿Qué opinas?

Atan se quedó en silencio.

—¿Papá?

—Sí, estoy aquí, pensando. ¿Quieres hacer camisas para otra persona en nuestra fábrica?

—Sí, ¿por qué no?

—¿Por qué querría yo hacer eso? —dijo Atan—. ¿Por qué querríamos trabajar para otra persona?

Zaine no lo había pensado como algo que le restara independencia sino como una manera de mantenerla.

—¿Qué tiene de malo diversificar un poco? —respondió—. Mira, alguien está haciendo dinero fabricando camisas para las grandes firmas, ¿por qué no hacerlo nosotros también?

—¿A quién tienes en mente?

—Leonardi. Papá, tendrías que ver la tienda que tiene, es la mejor que he visto en mi vida. La preside una foto enorme de un león que domina todo el departamento de hombres. Todas las camisas tienen el logo del león en el pecho. Está por todas partes.

—Así que, lo que sugieres es que tengamos dos negocios, ¿no es cierto?

—Exacto. Nuestra propia firma y luego otra fabricando camisas para un tercero. Nos daría una base de ingresos fija —hizo una pausa y luego continuó—; la necesitamos, papá.

—Puede que nos rechace por el tamaño de la fábrica pero quizá le atraiga la calidad de las camisas. ¿Cómo son las camisas que has visto?

—Los acabados nada del otro mundo, pero los tejidos tienen un buen tacto.

Atan sonrió.

—Espera a que vea las nuestras. Necesitarás muestras para enseñárselas.

—Reservaré una habitación en Nueva York y te volveré a llamar para darte la dirección. Adiós papá.

—Zaine, espera un momento. ¿Cómo te va con la búsqueda de tu carrera?

—Papá, primero déjame acabar con esto. Si lo consigo, nunca tendrás que volver a descolgar el teléfono para buscar clientes. Te gustaría, ¿no?

—Claro que sí —dijo, sonriendo—. Hijo, recuerda que muchos estadounidenses aún creen que los malasios llevan cestas en la cabeza, así que busca un buen hotel en Nueva York. Uno de los buenos, hijo. Adiós.

Zaine no pudo ver la amplia sonrisa que se dibujó en el rostro de su padre cuando colgó el teléfono.

Siete

Por la mañana se vistió y bajó a desayunar. La cafetería estaba llena de hombres y mujeres que habían venido por una convención. Encontró una mesa libre y se quedó observando al grupo.

—Perdone —le dijo al hombre que estaba en la mesa de al lado—, ¿de qué va esta convención?

—De ventas.

—Ya veo —dijo Zaine—. ¿Y qué hacen?

El hombre se le quedó mirando un momento.

—Vender —dijo, muy seco, antes de echarse a reír.

—¿De verdad?

El hombre se lo explicó.

—Han venido unos dos mil vendedores de todo el país. Nos reunimos y comparamos nuestras notas: cómo conseguir clientes, cómo mantenerlos, cosas así. ¿Y a ti qué te ha traído a San Francisco?

Zaine no quería hablar del motivo real con un extraño, así que le dijo:

—Sólo he vuelto a visitar la ciudad. Cuando estaba en la Marina me destinaron aquí. Por cierto, me llamo Zaine Nasir.

—Bill Gifford. Encantado de conocerte, Zaine. ¿Has oído hablar de un tipo llamado Roy Hawkins? ¿Lo has oído alguna vez en directo?

Lo miró sin entender muy bien a lo que se refería. Gifford continuó:

—Es la persona que va a hacer la sesión inaugural —dijo, mirando el reloj—. Empieza dentro de unos diez minutos.

—¿Y de qué va a hablar? —le preguntó Zaine.

—De ventas, hijo, de ventas y de cómo sacarles el máximo partido. Oye, ¿por qué no me acompañas y lo escuchas?

—Bueno, en realidad no debería, tengo que hacer una llamada telefónica, pero... ¡qué caray! De acuerdo.

—Buena decisión, hijo. Uno no tiene la oportunidad de escuchar a un tipo como Roy Hawkins muy a menudo. Sígueme —dijo, y se levantó de la silla—. Todo el mundo debería escucharlo algún día.

Zaine le siguió, salieron de la cafetería y se dirigieron al ala de convenciones del hotel; tenía mucha curiosidad por saber por qué Bill insistía tanto en que escuchara a ese tal Hawkins.

El murmullo de las voces se intensificó a medida que se fueron acercando a la gran sala donde estaban reunidos todos los asistentes a la conferencia. Podía sentir la energía de todos ellos mientras pasaba por su lado. «¿Es así como te sientes cuando encuentras la profesión de tu vida?», se preguntó.

Entraron en el auditorio y Bill Gifford encontró dos asientos en las últimas filas de la sala, a la izquierda del escenario. Se apagaron las luces y una mujer se acercó al micrófono que había en el centro, para presentar al señor Hawkins. Dijo que sus inicios habían sido muy humildes, que había fracasado muchas veces en la vida, pero que al final había descubierto el éxito vendiendo productos de puerta en puerta, y que a partir de esa experiencia desarrolló un negocio «gigantesco». También explicó cómo un día alguien le preguntó al señor Hawkins el secreto de su éxito. Fue entonces cuando creó el Sistema del Éxito Hawkins, un sistema que ayudaría a cualquiera a hacerse «increíblemente» rico.

—Permítanme que les presente al señor Roy Haww-kinnns.

Entre los entusiastas aplausos, Roy Hawkins salió corriendo por uno de los laterales del teatro hasta el centro del escenario. Le dio un apretón en la mejilla a la presentadora y levantó los brazos hacia el público, lo que hizo, como pudo observar Zaine, que la gente aplaudiera todavía más fuerte. Iba vestido con unos pantalones grises informales, una cazadora azul con un emblema y una camisa blanca con puños franceses. La corbata, de color amarillo chillón, la llevaba sujeta con una pinza de diamantes que brillaba con la luz. Zaine lo miraba con los ojos como platos. «Es como una estrella de cine», pensó.

Roy Hawkins empezó a caminar, al parecer muy pensativo. Miró hacia el techo como si buscara y recibiera un mensaje. Cogió el micro del soporte sin ningún esfuerzo, estiró del hilo y, casi susurrando, dijo:

—¿Sabéis por qué hay tanta gente que fracasa en la vida?

La multitud estaba en silencio. Él miró al público para crear un ambiente de suspenso.

—Porque no tienen un sistema —dijo, susurrando. Y luego sorprendió al público al gritar, remarcando cada palabra—. ¡NO-TIENEN-UN-SISTEMA!

Entonces, retomando de nuevo el tono de voz normal, añadió:

—Pues bien, yo os voy a mostrar un sistema que os garantizo que, si lo aplicáis, hará de vosotros unos ganadores.

Se produjo un murmullo entre la gente, anticipando los secretos que Roy Hawkins les revelaría. Zaine estaba cautivado.

En la presentación de una hora de duración, Roy Hawkins explicó su historia. Lo que le supuso crecer en un ambiente de pobreza. Su primera llamada como vendedor. Su primer fracaso. El éxito final, y todo porque había desarrollado un sistema. Se servía de diapositivas para mostrar fotografías de su vida. En la primera había aparecido él de pequeño sentado encima de un viejo tractor. En la última, relajado en su yate, el *Euforia*. Encadenaba una historia con otra; unas eran divertidas, otras, desgarradoras. Zaine pensó que aquel hombre era un mago.

Les explicó que en primero de básica, la señorita Wilde le suspendió en arte.

—¿Cómo podía alguien suspender a un niño de primero en arte? —dijo—. ¡Sólo tenía seis años! Cómo se atrevió a juzgarme, a dejarme marcado, a rebajarme de aquel modo. Durante muchos años, incluso de mayor, creí que era un inútil en ese campo. ¿A cuántos de vosotros os suspendieron en algo? No eres bueno, no tienes remedio, ni se te ocurra hacer eso, ¿os suena? No dejéis que nadie os diga que no podéis hacer algo. No tienen ningún derecho. Así que haced borrón y cuenta nueva. Hoy es un nuevo día. Sois increíbles. ¡Podéis hacer CUALQUIER COSA!

La gente empezó a aplaudir. Zaine también aplaudía, impaciente por recibir las importantes lecciones del sistema del señor Hawkins.

De hecho, las «importantes lecciones» de su sistema estaban en unas cintas que se vendían a la entrada del auditorio. Sin embargo, lo presentó a grandes trazos y él lo escuchó atentamente.

Primero, habló de tener una visión.

—Y una vez tenéis la visión, allí donde queréis llegar, entonces creáis el plan. Poned en marcha el plan —dijo—, y empezaréis a recoger la recompensa. Cuando hayáis pasado por la etapa del plan y los buenos y los malos momentos para recoger los frutos, no os olvidéis de la celebración. Os la debéis porque os la merecéis. —Hizo un gesto para que todos participaran. Entonces decía: «¿Y por qué os la debéis?», y la gente respondía: «Porque me la merezco».

Cuando acabó, por los altavoces empezó a sonar una marcha. Roy Hawkins salió a hacer reverencias mientras el público aplaudía siguiendo el ritmo de la música.

En el exterior del auditorio Zaine tuvo que pelearse un poco para conseguir un sitio en la fila de las personas que esperaban impacientes parar comprar las cintas. Perdió de vista a Bill Gifford entre la multitud. Después, con el paquete del Sistema del Éxito Hawkins bajo el brazo, subió a su habitación; tenía una subida de adrenalina realmente increíble.

Lo dejó todo encima de la mesa y se sentó en la cama, mirándolo. Pensó en la palabra visión, el primer paso del sistema Hawkins. Y entonces cayó en la cuenta de golpe. No podía empezar hasta que tuviera una visión. Dios mío, ¿es que estoy ciego ante mi propia visión?

Una visión, razonaba, debe empezar con un sueño. Pero, una vez, un profesor del instituto le había regañado diciéndole: «Deja de soñar y ponte a trabajar». Así que, a partir de ese día, dio por sentado que soñar era algo malo. Si hasta él había utilizado esa palabra cuando su padre le dijo que quería empezar un negocio nuevo. Y sin embargo, el sueño de su padre de abrir su propia fábrica se había hecho realidad. Él mismo soñaba con Rayna y veía que formaban una familia juntos; aquello parecía realista. Soñaba con reunirse con Leonardi en Nueva York. ¿No era realista esperar que saliera algo bueno de esa reunión? Sí, se decidió, soñar era bueno; ¿de dónde, si no, nacería una visión?

Sin embargo, se quedó en blanco cuando intentó definir cuál era su sueño. Volvía a empezar de cero. Si al menos Hawkins hubiera hablado de esto en su conferencia. ¿Estaría todavía en el hotel? ¿Podría ir a hablar con él en persona, cara a cara? ¿Aceptaría? Levantó el auricular del teléfono y llamó a recepción. Preguntó si le podían pasar con Roy Hawkins.

—¡Es un gran día para estar vivo! Soy Roy.

Zaine se quedó muy sorprendido. Roy Hawkins era igual de entusiasta por teléfono que en lo alto de un escenario.

—Buenos días, señor, me llamo Zaine Nasir. Estoy hospedado en el mismo hotel que usted. Le he visto esta mañana y me he comprado las cintas.

—Muchas gracias, Zaine. ¿Qué puedo hacer por ti?

—Bueno, mmm. —Hizo una pausa para reunir el coraje suficiente para hacerle la siguiente pregunta—. ¿Podría verle? Tengo, mmm, tengo problemas con las cintas.

—¿Están defectuosas?

—Oh, bueno, no lo sé. Todavía no las he escuchado.

Hawkins no dijo nada, así que Zaine empezó a tartamudear.

—No creo que pueda empezar a utilizar su información porque..., esto suena estúpido, pero no tengo ninguna visión. —Zaine se rió, nervioso—. Usted dijo que debíamos empezar por una visión, pero yo no tengo ninguna —se le apagó la voz. Luego, suavemente, continuó—: así que ya ve que no puedo poner en práctica su sistema.

Al otro lado de la línea se produjo un dilatado silencio. Al final, Hawkins dijo:

—¿Puedes estar en mi habitación dentro de cinco minutos?

Zaine se animó de repente.

—Sí, señor.

—Estoy en el último piso. Habitación 2310.

—Ahora mismo voy.

Ocho

Zaine cogió el paquete del sistema de Hawkins y se dirigió al vestíbulo. Tuvo que esperar un poco a que llegara el ascensor, pero cuando entró, de inmediato apretó el número 23. Hawkins lo estaba esperando en la puerta.

—Zaine, entra —dijo, dándole un sincero apretón de manos—. Siéntate —añadió, señalando el sofá. Se había quitado la cazadora y enseñaba una camisa limpia y almidonada y unos tirantes amarillos. Se sentó en un sillón que había enfrente—. No tenemos demasiado tiempo. Tengo que coger un avión, así que sólo disponemos de unos veinte minutos.

Zaine intentó calmar el nerviosismo que le creaban la emoción de estar ante él y la desesperación por encontrar un sistema que le enseñara por dónde empezar.

Hawkins empezó a hablar:

—Por teléfono me has dicho que no tienes ninguna visión de lo que quieres hacer en la vida.

—Exacto —dijo Zaine—. Déjeme explicarle por qué esta búsqueda es tan importante para mí. Nací en Estados Unidos pero vivo en Malasia con mi padre y trabajo en su fábrica. Es fabricante de camisas. La semana pasada le pedí a mi novia que se casara conmigo. Me dijo que si seguía trabajando en la fábrica, llegaría un día que me aburriría y no sería feliz porque ese trabajo no me apasiona. Me dijo que buscara a mi alrededor y que descubriera algo que me apasionara de verdad. Al escucharle esta mañana me he emocionado mucho. Ahora bien, cuando he vuelto a la habitación me he dado cuenta de que no puedo poner en práctica nada de lo que ha dicho porque no tengo ninguna visión. Señor Hawkins, jamás he tenido ninguna visión de lo que me apasionaría hacer. ¿Ha acudido alguien más a usted con este problema?

Zaine vio cómo se dibujaba una sonrisa en el rostro de Hawkins. Sus ojos se encontraron. Él no sabía qué preguntar. No tuvo que hacerlo.

—Zaine, ¿sabes cuánta gente conozco con el mismo problema? Cientos —dijo, mientras se levantaba y se acercaba a la ventana para observar el perfil de la ciudad de San Francisco. Y entonces sin mirarle, le preguntó—: ¿Qué te ha traído a San Francisco?

—Me lo sugirió una mujer con la que hablé en Malasia; según ella hay más posibilidades de encontrar algo que te apasione en Estados Unidos. Me pidió que descubriera por qué en una sociedad libre no todo el mundo hace lo que le gusta.

Hawkins se volvió hacia él.

—Muy buena pregunta. Realmente buena.

Tendré que usarla en mis discursos. Apuesto lo que sea a que la mitad de las personas en este país no hacen lo que les gustaría hacer. Igual que tú, no tienen una visión. —Volvió a girarse para observar la ciudad, con el dedo pulgar enganchado en uno de los tirantes.

Zaine sonrió.

—¿Y tiene usted algún tipo de, ah, como lo diría, guía para ayudar a las personas como yo?

Hawkins se volvió y respiró hondo.

—Sí —dijo—. Lo estoy terminando de pulir para lanzarlo al mercado. Por eso te he invitado a subir. Quiero probarlo. —A Zaine se le iluminaron los ojos. Hawkins miró el reloj—. Podemos hablar mientras hago el equipaje.

—De acuerdo —le contestó él—. Se lo agradezco mucho.

—Es un placer —dijo, con un movimiento desenfadado de la mano mientras cruzaban el pequeño vestíbulo y se dirigían hacia el dormitorio.

Zaine se sentó en la mesa que había junto a la ventana mientras Hawkins sacaba su maleta de lona del armario, la dejaba encima de la cama y empezaba a guardar sus cosas.

—¿Siempre viaja solo? —preguntó Zaine, sorprendido de que no le acompañara un séquito de gente.

—Sólo cuando tengo una conferencia de un día, como hoy. Si me piden una serie de conferencias de tres días me acompaña mi mujer, sobre todo cuando se organizan en lugares bonitos, como suele pasar casi siempre.

—Ya —dijo Zaine.

Hawkins abrió la cremallera de un compartimento de la maleta.

—Ahora concentrémonos en ti. En primer lugar, Zaine, lo has entendido al revés. No es que estés ciego ante tu visión, estás ciego ante tu don. Y no podrás decidirte por una carrera hasta que no sepas cuál es. Ese es el vínculo con la pasión.

—¿Don?

—Sí. ¿Qué se te da bien? A todos se nos da bien algo.

Zaine suspiró y se hundió en la silla.

Hawkins leyó su lenguaje corporal y le dijo:

—Oye, no te desanimes. Piensa en alguien que conozcas que haya descubierto su don, que lo relacionara con su pasión y que se haya dedicado a eso.

Inmediatamente pensó en su padre. Era obvio. Su don era la capacidad para diseñar y coser camisas maravillosas. Su pasión, fabricarlas, y lo convirtió en su carrera el día que construyó la fábrica.

Hawkins dobló varias corbatas y las colocó en un compartimento de la maleta.

—¿Sabes lo extraño de nuestro don? Que los otros pueden verlo clarísimo. Para ellos es tan obvio que dan por sentado que nosotros también lo sabemos. Pero no lo sabemos. Pensamos:

«¿Cómo va a ser esto algo especial si para nosotros es tan fácil, algo casi natural?». Lo damos por supuesto y, erróneamente, creemos que cualquiera puede hacerlo. No valoramos de igual manera la palabra «don» cuando se trata de nosotros mismos. Creemos que es una palabra que sólo sirve para los artistas: pintores, músicos, escultores, etcétera. Pues bien, déjame que te diga algo, Zaine. Todos y cada uno de nosotros hemos sido dotados de algo que se nos da muy bien, y ese algo es nuestro don especial. Nacemos con él y no podemos cambiarlo.

Jamás en su vida, Zaine se había planteado qué era lo que se le daba bien hacer. Es más, nunca nadie había destacado en él ningún talento especial.

—¿Y cómo determino qué es lo que se me da bien? —preguntó, ansioso.

—Permíteme que te explique mi experiencia personal para que entiendas cómo funciona mi método. Lo primero que hice fue analizar mi carrera accediendo a mi pasado. Me pregunté qué me había llevado a hacer lo que estaba haciendo. Acceder a tu pasado es un proceso en el que debes tomarte el tiempo necesario para retroceder realmente en tu vida con la intención de buscar y encontrar todos los momentos en que has hecho algo que de verdad te gustaba. Yo me di cuenta de que mi amor, mi pasión, era comunicar y persuadir a la gente. Me encantaba hacer presentaciones y siempre quería una audiencia más numerosa. Les pedí a los directivos de la compañía si podía hablar en la conferencia sobre las ventas al final del ejercicio anual. Había mucha gente allí, mucha. La primera vez que pisé el escenario y les hable… ¡Bam! Supe que estaba en el lugar correcto. En el lugar indicado en el momento preciso. Me gustó todo. Era mucho más emocionante que dar una conferencia ante mis padres en casa. Aquello era algo grande: las luces, el escenario, la expectativa de hablar ante un gran grupo de personas, los nervios. ¡Guau! Me di cuenta de que podía influir en las emociones de las personas para las que hablaba. Zaine, podía hacerlos llorar y reír, ahora bien, sólo me sentía pleno cuando sacaban algún provecho de lo que les decía. Mi don es la habilidad para comunicar, persuadir e influir emocionalmente en las personas. Eso fue lo que aprendí sobre mí mismo cuando accedí a mi pasado.

Hawkins continuó hablando con Zaine:

—La segunda parte de mi método es actuar en función de mi don. Yo lo hice hablando para grandes grupos de personas. ¿Lo ves, Zaine? Había relacionado mi don con mi pasión y de ahí me forjé una carrera. Accede a tu pasado para descubrir tu don, y actúa en función de tu don para descubrir tu carrera, ya que cuando lo haces así ganas mucha confianza en ti mismo, y tu autoestima sube hasta las nubes. Además, si utilizas tu don para ayudar a los demás, en mi caso con un Sistema del Éxito, le das validez a todo esto. Es lo que has oído esta mañana y lo que está grabado en las cintas: Visión, Plan, Recompensa, Celebración.

Zaine no podía hacer otra cosa más que sentarse y observarle. Era igual de fascinante en persona que en lo alto del escenario.

Roy Hawkins siguió, ahora en un tono más suave.

—Zaine, pensé que había encontrado el Santo Grial. Pero ¿sabes qué sucedió? Los medios de comunicación me bautizaron como el hombre «que hace sentirse bien a los demás». Dijeron que mentalizaba al público con un montón de charla motivadora de la que se olvidaban al cabo de un par de días. De modo que aquí me tienes arremetiendo contra el público, dándoles un sistema para triunfar, les ofrezco mi alma y mi corazón, y se me acusa de ser un hombre «que hace sentirse bien a los demás». Es como decir que soy un charlatán. Aquello me dolió. «¿Qué me estoy olvidando?», me pregunté. ¿Sabes qué descubrí?

—No, ¿qué? —soltó Zaine.

—Lo mismo que has descubierto tú. Mi mensaje caía en oídos sordos. ¿De qué les sirve un Sistema del Éxito a personas que no saben hacia dónde van? Fue entonces cuando me di cuenta de que no me sentiría completo hasta que pudiera ofrecer algo que ayudara a cada persona en particular del público.

Dio un golpe con el puño en la palma de la otra mano.

—Whoooaaa, Zaine —gritó—. Si pudiera ayudar a la gente a acceder a su pasado y a actuar basándose en su don, todos encontrarían una carrera que les apasionaría para el resto de sus vidas. ¿No sería increíble? Añádele a eso mi Sistema del Éxito y no hace falta que te diga lo lejos que pueden llegar.

Zaine lo miraba hipnotizado.

—Ayúdeme a empezar —le pidió, ansioso.

Hawkins miró el reloj.

—No tenemos demasiado tiempo, así que vamos a empezar accediendo a tu pasado y veamos lo que sale. ¿Estás preparado?

—Sí, señor —asintió él.

—Háblame de tres episodios de tu vida en que hicieras algo que te hiciera feliz. Tres ocasiones. Eso es todo. Tres cosas que hayas disfrutado haciendo a lo largo de tu vida.

Zaine, sin pensárselo demasiado, dijo:

—Bueno, estuve en la Marina.

—¿Te gustó?

—Al principio sí, luego...

—¡Para! ¿Qué es lo que te gustó al principio?

—La disciplina, los desafíos. Ese tipo de cosas.

—¿Te gustaba trabajar con los demás?

—Sí, mucho, era muy divertido.

—¿Divertido o fácil, para ti?

—Las dos cosas. Me gustaba reunir a un grupo de marines para realizar cualquier tarea que nos hubieran encargado. Me gustaba formar un equipo.

Hawkins asintió, a modo de aprobación.

—Sigue —dijo.

Zaine se quedó un momento pensando.

—En la fábrica de mi padre podía hacer que el proceso de fabricación fuera más eficaz, más productivo. Eso también me gustaba. Además, me inventé un programa de incentivos para los fabricantes y cortadores de camisas.

—¿Para qué? —preguntó Roy Hawkins.

—Para que trabajaran en equipo.

—¿Qué te motivó a hacerlo?

—Sencillamente me pareció de sentido común.

Hawkins asintió varias veces. Cogió los objetos que tenía en el cajón del escritorio y los metió en la maleta de lona. Luego se sentó frente a él.

—¿Dices que te pareció de sentido común?

—Sí. ¿A usted no le parece así?

Hawkins sonrió.

—Sí, pero no lo llamaría de ese modo en tu caso. Lo llamaría algo instintivo. ¿Tengo razón? Quiero decir que no analizaste la situación ni un segundo. Seguiste tus instintos: tu habilidad natural para organizar y desarrollar.

—Bueno, sí. Así que…

—Así que limítate a pensar lo que eso dice de ti —añadió, e hizo una pausa para que esas palabras le resonaran en la cabeza—. Háblame de un tercer episodio de tu vida en el que hiciste algo que te hizo feliz. De pequeño. ¿Qué es lo primero que recuerdas haber disfrutado hacer?

—¿Tiene que ser algún tipo de trabajo que tuve que hacer?

—No, háblame sólo de algo que fuera divertido para ti, tan divertido que lo recuerdas incluso hoy.

Zaine sonrió.

—Se va a reír, pero mi mejor recuerdo es cuando conseguí reunir a los chicos del barrio para crear nuestros propios Juegos Olímpicos. Debíamos de tener unos nueve o diez años y nos inspiramos viendo los Juegos de verdad por televisión. Organicé a todos los niños, en total debíamos de ser unos quince. Cada uno tenía una responsabilidad: hacer banderas, los uniformes que consistían en una camiseta con el nombre del país escrito en el pecho. Una prueba fue el triatlón. Había que correr alrededor de la manzana, luego dar otra vuelta en bici y nadar un par de largos en la piscina de algún niño rico. Incluso hicimos un desfile inaugural. Uno de los niños tenía un aparato de música, lo colocamos sobre la hierba y dejamos sonar la música mientras desfilamos calle abajo. Yo encabezaba el desfile, con los brazos en alto y sosteniendo un rótulo que decía: «Juegos Olímpicos de Fall River». ¡Me encantó todo aquello!

Hawkins miró el reloj. Se levantó, fue al baño a recoger los objetos de aseo personal, y cuando regresó, sonrió y le dijo:

—Zaine, has completado el primer paso del método. Acceder. Has buscado en tu pasado y has descubierto lo que más te ha gustado hacer en tu vida. Con lo que has dicho de los Juegos Olímpicos, lo que hiciste en el negocio de tu padre, y lo que me has explicado de tu experiencia en la Marina he llegado a la conclusión de que tienes un don especial para la organización. Te gusta organizar y desarrollar.

Mientras volvían al salón, él no dejó de repetirse: «¿Organizar y desarrollar? ¿Qué demonios de don único es ése? Todo el mundo organiza cosas. ¿Y qué hay que desarrollar? No lo veo claro». Aquella visita le pareció que había sido decepcionante.

Hawkins volvió a mirar el reloj.

—Zaine, se nos ha acabado el tiempo. Hemos realizado este proceso, el de acceder rápidamente a tu pasado. Piensa en más episodios de tu vida que disfrutaste. Pregúntale a tu padre si notó algo cuando eras pequeño o adolescente. Averigua si él llegó a ver esos dones en ti por entonces.

—Nunca hemos hablado de estas cosas —contestó él.

—Supongo que eso suele pasar a menudo. —Hawkins hizo una pausa y se quedó mirando al suelo—. ¿No sería una gran ayuda si nuestros padres buscaran esos dones especiales en nosotros y nos hablaran de ellos? Sería mucho más fácil saber qué se nos da bien. Eso nos ayudaría a hacernos una idea más clara sobre lo que queremos ser de mayores. —Hizo otra pausa, asintiendo con la cabeza mientras miraba fijamente a Zaine—. Permíteme que te pregunte algo. Cuando salgas de esta habitación, ¿qué es lo primero que vas a hacer?

—Bueno —dijo Zaine, lentamente—. Antes de centrarme en mí quiero hacer algo por mi padre. No es el mejor hombre de negocios del mundo. Ayer vi unas camisas en Nordstrom's y me di cuenta de que las habían confeccionado en México, Taiwan y Jamaica, así que pensé que quizá podríamos hacer lo mismo para alguna empresa en nuestra fábrica de Malasia. Me gustó mucho la tienda de Leonardi y he pensado que podría seguir por ahí.

—¿Y eso quiere decir...?

—Si pudiera enseñarle a Leonardi la calidad de nuestras camisas, quizá nos contratara. Eso nos daría una base de ingresos estable.

Hawkins sonrió.

—¿Y lo haces por tu padre?

—Exacto.

—¿No tiene nada que ver contigo? ¿Estás seguro?

—Absolutamente. No me interesa ser sastre como él.

—El negocio de las camisas no te vuelve loco, ya lo veo.

—¿Supervisar una fábrica de personas encorvadas frente a una máquina de coser? No lo creo. Papá es el que se apasiona fabricando camisas, yo sólo intento ayudarle.

—Creo que eso es excelente, incluso noble por tu parte, Zaine. Sí señor, sigue por ahí.

Entonces, cambiando de tema, Hawkins dijo:

—Has traído mi álbum contigo. ¿Quieres que te lo firme?

—Claro —dijo Zaine, encantado.

Roy lo firmó y se lo devolvió.

—Y aquí tienes mi tarjeta. Prométeme que me harás saber cómo te ha ido. Dime si mi método te ha ayudado. Lo que descubras puede ayudarme a ayudar a otros —le dijo—. Ahora que ya sabes cuál es tu don, Zaine, tienes la visión para encontrar tu carrera.

Zaine cogió la tarjeta y le dio las gracias.

Una vez en el vestíbulo del hotel, siguió caminando despreocupado, reflexionando sobre aquel encuentro. «Accede a tu don. Actúa basándote en tu don.» Movía los labios mientras repetía una y otra vez: «Accede y actúa». Un mantra. Pensó en el don que Hawkins le había dicho que tenía: organizar y desarrollar. Agitó la cabeza, no le gustaba su don. No le veía ninguna utilidad real, la verdad es que le parecía algo tan poco especial que casi no merecía ser considerado como don.

Se detuvo ante la tienda de recuerdos del hotel y miró el escaparate. Le llamó la atención una réplica en miniatura de uno de los tranvías de San Francisco. Entró y lo compró para Rayna. Se preguntaba qué pensaría si le explicara lo que Hawkins le había dicho sobre él. Posiblemente se reirían un buen rato. Roy era un hombre amable, y Zaine le agradecía el tiempo que le había dedicado compartiendo con él su método simplista. Sencillamente no había conectado con él.

De vuelta en su habitación, llamó a las oficinas de Leonardi en Nueva York. Cuando la recepcionista contestó, le pidió que le pasara con la persona encargada de contratar a fabricantes extranjeros que quisieran confeccionar camisas para Leonardi.

—Hola, Roger Burdick.

—Sí, señor Burdick. Me llamo Zaine Nasir. Le llamo desde San Francisco, pero vivo en Malasia. Allí tenemos una fábrica de camisas y me preguntaba si podría hablar con usted acerca de fabricar camisas para su empresa.

—¿Va a venir a Nueva York?

—Sí.

—Llámeme cuando esté en la ciudad.

—¿Podríamos concertar una cita ahora?

—¿Cómo ha dicho que se llamaba?

—Zaine Nasir.

—Señor Nasir, llámeme cuando esté aquí.

—¿Le va bien en un par de días?

—Bien.

Zaine colgó. La conversación no había ido como esperaba. Había sido demasiado corta. Sin embargo, Burdick le había dicho que lo llamara cuando llegara a Nueva York, así que rápidamente se puso a pensar en qué le diría cuando llegara. Su nerviosismo ante la expectativa de vender sus servicios a Leonardi estaba empezando a silenciar su conversación con Hawkins.

Nueve

El vuelo a Nueva York duró cinco horas y veinte minutos. Un taxi lo llevó a toda prisa hasta Manhattan y lo dejó en el 118 de la calle West 57, en el hotel Parker-Meridien. Cuando salió del taxi sintió que se le aceleraba el pulso; estaba cautivado por la energía y el ritmo arrolladores de aquella ciudad.

Al entrar en aquel impresionante vestíbulo con su suelo de mármol ajedrezado, levantó la vista hacia los pilares de la galería que soportaban el techo del vestíbulo, de tres pisos de altura.

En recepción preguntó si había llegado algún paquete a su nombre.

—Sí, señor Nasir, aquí hay un paquete para usted.

Se registró y el botones lo acompañó hasta su habitación, que tenía unas vistas fantásticas sobre Central Park. Rezumaba una relajada elegancia: el papel de la pared a rayas amarillas y crema, las antiguas cortinas de color rosa, el cubrecama acolchado de color dorado con unas almohadas blandas de color amarillo encima. Su padre estaría orgulloso de que hubiera escogido un hotel tan «bueno».

Abrió el paquete de Malasia con mucho cuidado y allí, envuelta en papel, había una nota de Rayna. ¡Una sorpresa! Levantó la solapa del sobre con dos dedos.

Querido Zaine:

Te escribo porque así me siento más cerca de ti. Estoy impaciente por saber lo que estás haciendo, lo que estás pensando. No puedo esperar que llegue el día de volverte a ver.

Rezo cada día para que encuentres algo que te apasione tanto que me haga poner celosa.

Pienso en ti a menudo... y luego pienso en ti un poco más.

Te quiero,

Rayna

Ah, estar cerca de Rayna en esos momentos. Se imaginó su largo y esbelto cuerpo. Le encantaba mirarla a la cara con esos pómulos altos, esos ojos de color avellana y esa sonrisa que iluminaba todo su mundo. Su franqueza era la base de la confianza que se tenían.

Cuando ella estudiaba en la Universidad de Hong Kong él iba a visitarla a menudo. Tenía un apartamento en Kowloon, en la China continental, y cada mañana cogían el ferry que cruzaba Victoria Bay para ir a la universidad. A Zaine le encantaban esos viajes matutinos: el brillo del sol reflejado en la cara de Rayna, el olor salado de la brisa de la mañana, el sonido del agua chocando contra la proa del barco mientras el pulso constante de los motores diesel los empujaban hacia los imponentes edificios que brillaban con el reflejo del sol y el Monte Victoria como telón de fondo.

Ahora, mientras miraba el paisaje por la ventana de la habitación del hotel, el telón de fondo era Nueva York. Pensó: «Cuando termine este trabajo para mi padre, quizá, sólo quizás, en algún lugar de ahí fuera, en esta ciudad que ofrece más posibilidades que cualquier otra, encontraré una carrera que me gustará tanto como me gusta Rayna».

Diez

Antes de que las puertas del ascensor se cerraran, ya estaba avanzando hacia las oficinas de Michael Leonardi. Debajo del brazo llevaba una caja con dos camisas de muestra, y al entrar se encontró con una zona de recepción magnífica. Había plantas y cuadros por todas partes, todo muy exquisito y todavía lo era más con el sonido de fondo de la cascada de agua que brotaba de una esquina. Mientras caminaba por la preciosa alfombra oriental hacia la recepcionista, le llamó la atención un abanico de fotografías firmadas que había detrás del mostrador: estrellas de cine luciendo las camisas de Leonardi en sus películas. «Guau —pensó Zaine—, esto es increíble. Imagínate si pudiéramos hacer camisas para Leonardi y verlas en las películas.»

Entonces sintió que se le encogía el estómago. Le asaltaron las dudas, y de repente se sintió insignificante. Se preguntó si realmente debería estar en un lugar como ese. ¿Quién era él para soñar con poder hacer negocios con una empresa tan conocida mundialmente? En realidad, tendría que haber llamado antes. ¿Lo había traicionado su impaciencia?

—¿Puedo ayudarle en algo? —le preguntó la recepcionista.

—Sí, me gustaría ver al señor Roger Burdick, por favor.

—¿Cómo se llama?

—Zaine Nasir. Hablé con él el otro día por teléfono desde San Francisco.

—Le avisaré de que está aquí. Siéntese, por favor.

Zaine se sentó en la esquina, junto a la cascada. La recepcionista habló con alguien por teléfono y luego le llamó.

—Señor Nasir, el señor Burdick le atenderá en un momento.

Se le aceleró el pulso mientras volvía a sentarse y tomaba una revista.

Al cabo de poco, Burdick apareció por una puerta lateral.

—¿Señor Nasir?

—Sí —contestó Zaine, dirigiéndose hacia el centro del vestíbulo para reunirse con él.

Roger Burdick era un hombre alto de cara estrecha. El pelo liso le caía hacia abajo. Zaine pensó que debía tener unos treinta y cinco años.

—¿En qué puedo ayudarle?

—Bueno, yo..., quiero decir mi padre y yo fabricamos camisas en Batupura, cerca de Kuala Lumpur, en Malasia, y quería informarme qué hay que hacer para fabricar camisas para su empresa. Tengo unas muestras para enseñárselas...

—De hecho, yo me encargo más bien del área logística. Sé que los proveedores traen un producto de calidad dentro del plazo establecido.

Zaine recordó que su padre siempre le decía que hiciera hincapié en la calidad de sus camisas.

—¿No podría echarles una ojeada a las camisas?

—Zaine, tengo mucho trabajo. No soy la persona indicada para juzgar su material. Lo siento —dijo Roger, extendiendo la mano para concluir un encuentro que apenas había empezado.

Instintivamente, él le dio la suya, Burdick se fue y no se le ocurrió nada que decir. Se quedó allí de pie, con la caja de las camisas medio abierta, viendo cómo su momento de gloria de esfumaba. No sabía qué hacer, así que, como un robot, se fue hasta el ascensor y apretó el botón para bajar.

En la habitación del hotel, tendido en la cama, comprendió que estaba enfadado consigo mismo por no haberse mostrado más enérgico, más persistente.

—¿En qué demonios estaba pensando? —dijo, en voz alta—. Tengo veintisiete años, por favor. Presentarme allí sin cita previa, y en mangas de camisa, nada más y nada menos, y con una horrible caja debajo del brazo. Yo también me hubiera echado. ¿Qué diablos me pasa? Me he hundido yo mismo. ¿Ahora cómo voy a volver a esas oficinas?

Durante el vuelo a Nueva York había decidido que primero intentaría solucionar los negocios de su padre y luego empezaría a buscar algo que le interesara a él. Sin embargo, aquella resolución se le escapaba de las manos. La confianza que le habían inculcado en la Marina estaba disminuyendo. ¿De verdad esperaba que Michael Leonardi me recibiera con los brazos abiertos y me contratara como proveedor?

—¿Qué he conseguido para mi padre o para mí? Nada —volvió a decir en voz alta.

Empezó a racionalizar que quizá Rayna estaba equivocada. Quizá descubrir la pasión de tu vida es algo que no todo el mundo puede hacer. Quizás una vida tranquila en el campo, como la que llevaba en Batupura, era exactamente lo que lo haría más feliz. ¿Cómo sabían ellos lo que era bueno para él? Aunque él, en realidad, tampoco lo sabía.

Sacó la primera carta de Rayna de la maleta, la desdobló y volvió a leer aquel texto.

«*... no puedes vivir, vivir de verdad, sin sentir pasión por lo que haces...*»

Sonó el teléfono.

—¿Diga?

—Hola, hijo. ¿Cómo te va todo?

El corazón le dio un vuelco.

—Hola, papá. Bien —dijo, entre dientes.

—¿Te han llegado las camisas y la carta de Rayna?

—Sí. Gracias.

—Estás raro.

—Yo, ah, supongo que es el cambio de horario. Estoy bien.

—¿Ya has ido a ver a Leonardi?

—Tengo que ir mañana —mintió.

No le gustaba mentirle a su padre, pero lo que había ocurrido hoy, bueno, no podía hablar de eso ahora.

—Mira, la razón por la que te llamo, hijo, es porque el otro día me llamó Mara Hashimi.

—Ajá.

—Les causaste muy buena impresión a ella y a su sobrina. Me llamó para ver cómo estabas. Le dije que en estos momentos te encontrabas en Nueva York y se puso muy contenta.

—¿Por?

—¿Recuerdas que te habló de un tal Curtis?

—Me leyó una carta suya.

—Bueno, pues vive en Morristown, en Nueva Jersey. Dijo que es un hombre de negocios que dirige una gran empresa. Esperaba que le hicieras una visita.

Zaine suspiró.

—Lo intentaré, papá.

—Bueno, espero que puedas reunirte con él.

—¿Cómo se apellida?

—Tredway. Curtis Tredway.

—Curtis Tredway —repitió Zaine mientras lo escribía en el bloc de notas del hotel. Lo último que quería era reunirse con «el chico que no sabía lo que quería ser de mayor». «Dos perdedores en la misma habitación» pensó. «Justo lo que necesito.» Cambió de tema—. ¿Algún pedido nuevo, papá?

—Ah, no. Quizá la semana que viene.

Se despidieron y Zaine, por respeto a Mara, llamó a información para pedir el número de la empresa de Curtis Tredway.

Para su sorpresa, allí le dijeron que el señor Tredway ya no trabajaba para ellos. Que se había jubilado hacía unos cuatro años. Volvió a llamar a información para pedir el número de Curtis Tredway de Morristown, Nueva Jersey. Se lo dieron y llamó.

—¿Diga?

A Zaine le sorprendió su voz sonora y grave.

—¿Curtis Tredway?

—Sí. ¿Quién es? —preguntó Curtis.

—Soy un amigo de Mara Hashimi. Me llamo Zaine Nasir. Soy de Malasia pero estoy en Nueva York por asuntos de negocios. Mara me pidió que lo llamara.

—Mara Hashimi —dijo Curtis, alargando las vocales del nombre—. Dios mío, han pasado más de cuarenta años, como mínimo. ¿Cómo está?

—Está bien.

—¿Dónde ha dicho que se hospedaba?

—En el hotel Parker-Meridien.

—¿Se va a quedar mucho tiempo?

—Ah, un par de días, creo.

—Zaine, ¿tiene planes para esta noche?

—No, en realidad no.

—¿Le apetecería cenar en mi casa? Me gustaría mucho ver a un amigo de Mara. —Curtis le dio a Zaine su dirección y le indicó cómo llegar hasta allí—. En total tardará una hora, más o menos. ¿Nos vemos alrededor de las seis?

—Hasta entonces, señor Tredway.

Colgó. No le emocionaba demasiado hablar con Curtis Tredway o con cualquier otra persona sobre ese tema, y por primera vez a lo largo de ese viaje, se planteó la posibilidad de volver a casa.

Once

Ya había oscurecido cuando Zaine se bajó del taxi justo enfrente de la casa de Curtis Tredway. La casa estaba en una subida con un camino de piedra curvado y bordeado de arbustos de hoja perenne que llevaba hasta la puerta principal. Había una lámpara antigua de las de los coches de caballos que bañaba la entrada con una luz amarilla y cálida.

Llamó al timbre y se volvió para admirar las casas del otro lado de la calle: de ladrillos, de piedra, casas robustas.

Se abrió la puerta y un hombre alto con el pelo canoso le dio la bienvenida. Junto a él, con una pelota en la boca, había un labrador dorado moviendo la cola.

—Entra, Zaine —dijo el hombre, con voz profunda—. Es un placer conocer a un amigo de Mara. Esta es *Edna* —dijo, señalando al perro. (Resultó que *Edna* le estaba sonriendo.)

—Hola, *Edna* —dijo él, acariciándole la cabeza mientras entraba en el recibidor—. Curtis, gracias por invitarme a tu casa.

—No hay de qué —contestó él, mientras cogía la pelota y la tiraba por el recibidor. *Edna* salió corriendo detrás de ella y se reunió con ellos en el salón familiar.

Zaine se sentó en el sofá color verde y crema. *Edna* pasó por debajo de la mesa del café, se sentó frente a él y le acarició la rodilla con una pata, con la pelota en la boca y sonriendo.

—¿Quieres beber algo? —dijo Curtis camino de la cocina—. Yo estoy tomando un poco de vino. ¿Te apetece?

—Sí —dijo Zaine rascando el cuello de *Edna* mientras admiraba la riqueza de aquella habitación: un hogar de piedra con fotos de familia enmarcadas en la repisa y flanqueadas por dos candelabros; ante él había todo el equipo de televisión, vídeo, etcétera. y a continuación, en la esquina, un pequeño carro rojo. Ramos de flores adornaban las mesas de madera, y el cálido brillo de las lámparas le confería a la estancia un aire muy acogedor.

Curtis volvió de la cocina.

—Mi mujer bajará enseguida —dijo, dándole a Zaine una copa de vino.

Iba vestido de manera informal con una camisa azul Oxford, unos pantalones de algodón color beige y unos mocasines gastados.

—Y bien, ¿cómo está Mara? —dijo, con su voz profunda mientras se sentaba en una silla de piel que había frente a él.

—Estupendamente. Una señora lista.

—Siempre lo fue —añadió Curtis.

Edna estaba en el suelo con la pelota entre las patas y no dejaba de mirarle.

—¿Cómo le va todo? —preguntó Curtis.

—Vive con su sobrina, Azizah, y sigue llevando las zapatillas Nike —se rió.

Curtis también sonrió.

—¿Y aún hace aquel ruido tan gracioso con la nariz?

—Oh, sí. Ese *k'hm* —imitó Zaine.

—Exacto —se rió Curtis.

La señora Tredway entró en el salón con unos vaqueros descoloridos, unos mocasines y una camiseta con el logo del león.

—Te presento a mi mujer, Laura.

—Encantado de conocerte, Laura.

—Bueno, ¿de qué estabais hablando? —preguntó ella juntando las manos y colocándolas encima del respaldo de la silla de su marido.

—Zaine me está poniendo al día sobre Mara.

—Me enseñó la postal de Navidad que tu marido le envió hace un par de años.

—¿De verdad? —dijo Curtis.

—Le encantó lo que escribiste: «Pienso en ti muy a menudo con alegría y respeto». ¿Qué hizo Mara contigo para que dejara en ti una huella tan honda?

Curtis suspiró.

—Mara estaba siempre tan... alegre. Parecía que nada podía borrarle la sonrisa de la cara. Hacía que cada día fuera una aventura nueva.

—Hizo una pausa, apoyó la cabeza en el respaldo de la silla y miró hacia el techo.

Laura Tredway se sentó en el sofá junto a Zaine.

—Si tuviera que escoger un episodio de mi infancia, me quedaría con la vez que tuve la escarlatina y tuve que quedarme en la cama un par de semanas. Me leyó historias todo el tiempo. Una de ellas de Hemingway, *El gran río de los dos corazones*. Nick Adams se va de acampada a Michigan, y mientras está caminando por el bosque con una mochila a la espalda, se da cuenta de que está empezando a sudar toda la camiseta. Se detiene junto a un arbusto de helecho, corta unas cuantas hojas y se las coloca entre la camiseta y la mochila. Mientras continúa caminando, la mochila va rozando las hojas y estas desprenden su aroma. Le dije a Mara que no sabía cómo olía el helecho, y cuando me curé me compró aquel carro rojo —dijo, señalando hacia la esquina—, y me llevó de paseo por el bosque que había detrás de casa. Se detuvo junto a un arbusto de helecho, cortó una hoja y me la dio. «Frótala con fuerza entre las palmas de las manos», me dijo. «¿Hueles el aroma? Eso es lo que olía Nick Adams». —Curtis olió recordando la historia—. Bueno, ¿qué te ha dicho de mí después de todos estos años?

—Pues que tus padres te planificaron la vida y que…

—¿Y qué más?

—Y que nunca descubriste lo que en realidad querías hacer en la vida —dijo, arrepentido por haber sido tan cándido. Para su sorpresa, Curtis se rió.

—Tiene razón. Me pasé la mayor parte de mi vida haciendo lo que mis padres querían que hiciera. ¿No es estúpido? En el fondo, gracias a Mara, supe lo que quería hacer. Ella me llevaba al teatro, a los musicales o al cine en Nueva York. Escuchábamos todas las emisoras de radio. La televisión acababa de aparecer, la radio todavía era el gran medio de comunicación. Asistí a programas en directo en la ABC, la CBS y la NBC. Vi cómo creaban los efectos sonoros: cáscaras de coco para los cascos de los caballos, clop-clop-clop, sobre arena, gravilla, cemento y materiales así. Me encantaba, quería vivir en ese lugar. Estoy hablando de cosas de hace mucho tiempo, tú eres demasiado joven, no te lo puedes imaginar.

—No, no pasa nada. Lo comprendo —dijo Zaine.

—En la escuela, participaba en todas las representaciones. Recuerdo que una vez llevé a casa una caja de maquillaje —dijo, y se rió—. Mis padres pensaron que me pasaba algo malo, en especial mi padre. Sin embargo, para mí era un símbolo de «soy un actor». Maquillaje teatral... ¡Me encantaba cómo olía!

Zaine inmediatamente pensó en la mujer de la que le había hablado Mara. Aquella a la que le encantaba el olor del trabajo de la construcción.

—¿Y tus padres no te apoyaron?

—Bueno, me felicitaban después de cada representación, pero se referían al teatro como mi afición. Y siempre me preguntaban: «¿Qué quieres hacer cuando acabes el colegio?».

Zaine esbozó una sonrisa de comprensión.

—Sabía que no querían ni oír hablar del teatro, así que les dije algo relacionado con los negocios. Pero yo en realidad quería hacer teatro. Ojalá hubiera tenido el valor para tirarlo adelante. Pero ¿qué puedes hacer? A esa edad los padres ejercen una gran influencia en los hijos.

Laura intervino.

—¿No te parece interesante, Zaine, cómo la opinión de los padres o un maestro puede hacer que una persona se aleje de su camino? Un niño es vulnerable, se toma los comentarios de los adultos al pie de la letra y los recuerda durante el resto de su vida. —Se levantó—. Traeré algo de comer.

Los dos hombres la observaron mientras se iba a la cocina, hasta *Edna* la siguió con la mirada.

—Bueno, ¿y qué haces ahora que estás jubilado? —preguntó Zaine.

Curtis se incorporó.

—¡Jubilado! ¿Quién te ha dicho que estoy jubilado? —exclamó.

—Es, uh, es lo que me han dicho cuando he llamado a tu empresa.

—Laura, ¿lo has oído? En la empresa le han dicho que me he jubilado. Me he jubilado de ellos, eso sí. Pero ¿jubilado, jubilado? ¡Por Dios, no! Acabo de empezar una carrera nueva. Doblo anuncios.

—¿Qué?

—Me ofrecí voluntario para grabar libros para los ciegos. La Biblioteca del Congreso distribuye las cintas por todo el país. Me pareció divertido leer una historia y poner distintas voces para cada personaje.

—¡Vaya! Eso es fantástico —dijo Zaine—. Es algo en lo que jamás había pensado.

—Una persona de una agencia de publicidad oyó mi voz y me llamó para hacer una prueba para un anuncio de la radio. Pues bien, en el momento en que puse el pie en el estudio, me sentí como en casa.

—¿Y entonces ahora estás haciendo lo que siempre te había gustado? —preguntó Zaine, incrédulo.

—Es una flor tardía —dijo Laura, mientras volvía con un bol de patatas fritas y salsa.

Zaine observó a Curtis: el pelo canoso, las arrugas alrededor de los ojos y, sí, las señales de la edad en la frente.

—¿No te sientes como si hubieras desaprovechado todo estos años?

—¿Desaprovechar? ¡Lo estoy haciendo ahora! —dijo Curtis, enfáticamente.

—No, me refiero a que no hayas podido hacerlo durante veinte o treinta años.

—Por supuesto. Una cosa es reconocer lo que quieres hacer y otra muy distinta reunir el valor para hacerlo.

—Pero todavía no eres actor, ¿no?

—Incorrecto. Soy un actor en el teatro mental de los que me escuchan.

En ese momento Laura se sentó en el sofá y le preguntó:

—Zaine, ¿cómo conociste a Mara?

—Mi padre me envió a visitarla.

—¿Por qué?

—Todo empezó después de que Rayna, mi prometida, me dijera que yo no sentía ninguna pasión por mi trabajo. Me dijo que no podía vivir de verdad sin que mi trabajo me apasionara. Yo se lo expliqué a mi padre y él me aconsejó que fuera a ver a Mara para que me ayudara a encontrar una carrera que me apasionara. Suena ridículo, ¿verdad? Ir y preguntarle a una extraña: «¿Cuál es mi pasión?» —dijo, poniendo voz de niño de tres años.

—Preguntar no es hacer el ridículo, sino una señal de madurez —contestó Laura, muy seria—. ¿No nos preguntamos todos, en algún momento de nuestra vida, qué es lo que hemos venido a hacer a este mundo?

—Continúa, Zaine. ¿Qué te dijo Mara? —preguntó Curtis.

—Me habló de otras personas que habían descubierto lo que querían hacer en la vida, pero no me dijo cómo lo descubrieron. La razón por la que he vuelto a Estados Unidos es porque me dijo que descubriera por qué en una sociedad libre, no todo el mundo hace lo que le gustaría hacer. En aquel momento me pareció una buena idea.

Curtis y Laura sonrieron y asintieron ante la simplicidad de la afirmación de Mara.

—Bueno, ¿y qué has conseguido hasta ahora? —dijo Curtis.

—En cuanto a descubrir una carrera para mí, nada. Me he concentrado en algo para mi padre.

Zaine les explicó su idea de fabricar camisas para Leonardi, así como su reunión en Leonardi esa misma mañana.

—Así que —concluyó Zaine—, creo que debería tomarme un tiempo. Quizá debería volver a casa.

—¿Por qué quieres irte a casa ahora? Ni siquiera has empezado a buscar lo que quieres hacer —intervino Curtis.

Zaine suspiró.

—Sí que lo he hecho. Conocí a una persona en San Francisco que intentó ayudarme, pero eso también resultó bastante decepcionante. Se llama Roy Hawkins. ¿Os suena?

—Es muy conocido. Todo el mundo ha oído hablar de él. ¿Cómo lo conociste? —preguntó Laura.

Zaine les explicó la historia, y luego fue directo al grano.

—Está trabajando en un método para ayudar a personas que tienen problemas para descubrir la carrera que les gusta, como yo. Dijo que lo primero que tienes que hacer es acceder a tu pasado para descubrir tu don. Después, actuar en función de tu don, y que eso te guiará hasta la carrera de tu vida. Acceder y actuar. —Zaine hizo una pausa—. ¿Sabéis cuál me dijo que era mi don? Organizar y desarrollar —sonrió—. ¿Conocéis a alguien que necesite un buen organizador?

—¿Y cómo llegó a esa conclusión? —le preguntó Curtis.

—Pues después de pedirme que le explicara tres episodios de mi pasado que me hicieron feliz. Entonces, me salió con lo de organizar y desarrollar. Y por último me dijo que actuara en función de eso. Y ese fue su método de dos pasos. Acceder y actuar. ¿Impresionante, no? —dijo, en un tono sarcástico.

Laura no tuvo en cuenta el sarcasmo y replicó, incisiva:

—Creo que Hawkins tiene razón. Muchas veces, cuando nos retrotraemos al pasado, sobre todo a nuestra juventud, nos damos cuenta de nuestros dones y pasiones. Igual que Curtis. El entusiasmo de un niño no viene del cerebro, sino del corazón.

—Francamente, he dejado un poco aparcado

lo de Hawkins porque he estado demasiado ocupado intentando conseguir un contrato con Leonardi para ayudar a mi padre en el negocio. Algo dentro de mí que me dice que tengo que conseguirlo o mi padre se quedará sin nada —dijo Zaine, y suspiró—. Aunque esta mañana he metido la pata. Por eso necesito pasar una temporada fuera. Irme a casa, quizás, y solucionar todo esto.

—¿Abandonar? —preguntó Laura, frunciendo el ceño y cruzando los brazos sobre el pecho.

—No, no abandono, sólo necesito recapacitar —dijo, irritado.

—¡Me pregunto qué diría Rayna si volvieras a casa y le dijeras que aunque has estado así de cerca de descubrir tu pasión, has dado media vuelta para «recapacitar»!

Zaine se mordió el labio inferior. La indiscreción de Laura se había convertido en algo molesto.

—Laura —dijo Curtis, suavemente, mientras le decía con la mano que aflojara un poco.

—Zaine, ¿quieres volver a casa y abrazar a Rayna o que ella te abrace a ti?

—¡Laura! —dijo Curtis—. Es una pregunta muy malintencionada.

Zaine opinaba que la brusquedad de Laura era bastante punzante. Se inclinó hacia delante, con la mandíbula tensa.

—No he dicho que fuera a volver a casa —dijo, a la defensiva—. Lo único que sé es que no puedo fallarle ni a ella ni a mi padre.

—Ni a ti mismo —contestó Laura.

La miró y respiró hondo.

—Sí, eso ya lo sé —reconoció, sin alterar la voz—. Es que... bueno, necesito un respiro.

Los tres se quedaron sentados en silencio. Hasta *Edna* había dejado de jugar con la pelota de tenis.

—¿Harías algo por mí? —le dijo Laura.

Zaine hizo acopio de fuerza. A pesar de la franqueza de aquella mujer, pudo notar la sinceridad de sus palabras.

—Claro —dijo él.

—Zaine, quiero que cierres los ojos. Imagínate que estás casado con Rayna. Tenéis vuestra propia casa, e incluso hijos. Por la mañana, acabas de desayunar y ahora vas a pasarte el día haciendo algo que te encanta.

Zaine cerró los ojos.

—Recuerda, Zaine, no pienses en lo que puedan pensar los demás acerca de tu elección..., ni los vecinos, ni tu padre, ni siquiera Rayna. Te levantas de la mesa de la cocina y, ¿qué haces?

—No puedo decirte lo que estoy haciendo en concreto —dijo, y se quedó pensando. Laura y Curtis aguardaron en silencio—. Me gustaría trabajar en algo donde tuviera que reunir una serie de piezas para hacer que lo que sea funcionara. Me encantan ese tipo de retos, supongo —abrió los ojos y miró a Laura.

—Lo que has descrito es lo que te dijo Hawkins que se te daba bien. Lo has estado haciendo, aunque inconscientemente, desde que viste aquellas camisas en San Francisco. Has estado reuniendo las piezas. Ver a Leonardi es tu reto.

Zaine no contestó, sólo la miraba. No podía ser tan sencillo.

—Laura, me cuesta mucho tomarme el método de Roy Hawkins en serio.

—¿Por qué?

—Es demasiado fácil. Descubrir lo que realmente te gusta hacer en la vida no puede ser tan fácil como él lo pinta.

Laura lo miró, sonriendo, y al cabo de un instante le dijo:

—¿Cuál es tu problema, jovencito? Te dicen cómo descubrir tu don, y tú te quejas de que es demasiado sencillo. Te dicen cuál es tu don, y tú te ríes de él.

Zaine se movió incómodo en el sofá, mientras Laura continuaba.

—¿Preferirías que el proceso fuera muy difícil? ¿Eso te haría sentirte mejor? ¿Durante cuánto tiempo has estado intentando descubrir lo que se supone que debes hacer en la vida?

—Bueno, tengo veintisiete años…

—¿Qué conclusión has sacado?

Zaine agitó la cabeza.

—Has tenido mucha suerte de encontrar dos personas que te ayuden a ayudarte a ti mismo. ¿Y qué haces? Tú…

Curtis se aclaró la garganta.

—Creo que ya lo ha entendido, Laura. Zaine, las cosas de esta vida que parecen sencillas han tenido que pasar por unos procesos muy complejos. —Hizo una pausa—. ¿Has visto alguna vez una de esas chimeneas que se encienden con un mando a distancia? ¿Una manera muy fácil de hacer fuego, no?

—Sí.

—Entonces, si un vendedor te intentara convencer para que compraras una de esas chimeneas, ¿qué le dirías? «Oh, no, es demasiado sencillo. Prefiero talar un árbol, cortarlo en pequeños troncos con una sierra, llevarlos a casa, limpiar las cenizas del fuego anterior, ponerlos en la chimenea, rodearlos de papel, encender una cerilla, esperar que el humo no impregne la casa y, por fin, sentarme a disfrutarlo» —respiró e, inclinándose hacia Zaine, continuó—: Yo personalmente, prefiero apretar un botón. Y no lo olvides, se necesitó pensar mucho para lograr el sencillo método del que han hablado Hawkins y Laura. Simplemente para que puedas limitarte a apretar un botón.

Laura se levantó.

—Antes de irme a la cocina, sólo quiero decir una cosa. De pequeño, todo el mundo se pregunta qué será de mayor y ya sean ricos o pobres, la sensación de vacío es la misma.

—Yo no soy rico —murmuró Zaine.

—Y tampoco eres pobre —se apresuró a decir Laura—. Escúchame, vi a Curtis trabajar durante treinta años en algo que realmente no le gustaba. No quiero que a ti te suceda lo mismo. No puedo soportar ver cómo te abandonas. Ver cómo te pierdes ese momento.

Zaine observó que tenía los ojos humedecidos y que estaba temblando.

—Si he herido tus sentimientos, no era mi intención. Sólo quiero que experimentes lo que te gusta hacer, igual que Curtis ahora, sin tener que pasar treinta años hastiado. La diferencia entre el Curtis empresario y el Curtis doblador de anuncios es tan increíble que hace que quiera gritarte que descubras tu pasión. Sí, puedo entender que quieras tomarte un respiro. Has llegado muy lejos y muy deprisa en muy poco tiempo, pero no te detengas. No ignores el método porque pienses que es demasiado fácil. ¿Y sabes qué? Creo que has descubierto tu carrera y ni siquiera te has dado cuenta.

Se sacó un pañuelo del bolsillo y se secó un ojo. Se rió tontamente mientras recuperaba la compostura.

—No quería ponerme tan emotiva, Zaine. Lo siento.

Había conectado con él. A Zaine lo conmovió ver lo mucho que Laura se preocupaba por él.

—¿Qué quieres decir con eso de que crees que he descubierto mi carrera y que ni siquiera me he dado cuenta? —dijo.

Laura sonrió, volvió a sentarse en el sofá junto a Zaine y lo cogió de la mano.

—Roy Hawkins dio en la diana cuando te dijo que tu don era organizar y desarrollar. Sin embargo, su método sólo consistía en dos pasos: acceder y actuar. Pero le faltó decirte algo: debes aceptar tu don. Son tres pasos, ¿lo ves? Acceder, aceptar y actuar.

—Acceder, aceptar y actuar —repitió Zaine.

—Exacto —dijo Laura—. Aceptar tu don es lo que te resulta más difícil porque piensas que eso puede hacerlo cualquiera, que no es ningún don. Pero lo es, Zaine, acéptalo. Y ahora vamos a repasar la razón real por la que quieres ver a Leonardi. Dime lo que sientes.

Zaine se lo pensó un rato.

—¿Cómo me siento? —suspiró profundamente—. Para serte sincero, en el mismo momento en que vi su tienda me emocioné muchísimo. Deberías haberla visto. Quizá también esté en Nueva York, tiene que estar... quizás incluso más grande. En mi interior sentí que ese hombre, Leonardi, tenía entre manos algo grande. Y yo quería formar parte de ello. Sólo podía pensar en cómo podía verlo, fabricar camisas para él, participar en esa gran tienda... a escala mundial. Mi padre no tendría que volver a preocuparse.

—Zaine —dijo Laura, sonriendo por la pasión con la que hablaba—. Vamos a dejar a tu padre fuera de esto. Creo que tu deber con él te tiene confundido a la hora de descubrir tu pasión. Te ha nublado la visión.

El truco de Laura de hacerlo hablar con el corazón lo alivió mucho.

—Si pudiera conseguirlo —dijo.

—Zaine, cuando trabajabas para tu padre, ¿te gustaba el negocio o no?

—No soy un fabricante de camisas.

—No te he preguntado eso. Te he preguntado si te gustaba el negocio.

Zaine no contestó.

—¿Alguna vez has pensado en el negocio de tu padre como en un negocio o pensabas que sólo se trataba de fabricar camisas? —preguntó Laura.

—Fabricar camisas.

—Ya veo. Aún así, de lo único de lo que has hablado ha sido de incrementar el negocio —dijo Laura, y luego forzó una pausa—. ¿Es posible que estés en el buen camino, pero como sólo lo percibes como fabricar camisas, hayas llegado a la conclusión de que estás equivocado? Quizá mirarlo desde otra perspectiva te suponga un cambio radical.

Zaine asintió lentamente. ¿Había pensado alguna vez en tomar las riendas del negocio? No. ¿Por qué? Pues porque, inconscientemente, se seguía viendo como el hijo y a Atan como al padre. Por lo tanto, se limitaba a seguir las órdenes de este, y nunca se había imaginado haciéndose cargo del negocio.

Laura interrumpió su concentración.

—Zaine, ¿crees que es posible?

—Sí —dijo él, lentamente, y luego, más decidido—. Perfectamente.

—Ahora te voy a hacer la pregunta crucial. Por favor, piensa antes de responder. ¿Aceptas que tu don es organizar y desarrollar, y que tu pasión es el negocio del negocio?

Zaine se lo pensó.

—Zaine, podría tratarse de cualquier negocio.

Él sólo podía sonreírle.

—Lo ves —dijo Laura—. Tienes un propósito, estás aquí por una razón. Cuando crees en tu don, entonces resulta mucho más fácil tomar las decisiones adecuadas.

—¿Como mi decisión de reunirme con Leonardi?

—Sí. Ahora bien, puede que no sea él directamente, pero estás en el buen camino. Quizá sea algo más grande que el propio Leonardi. Zaine, eres un innovador. Te gusta mejorar las cosas. Ahora bien, como para ti hacer eso es lo más sencillo del mundo, te piensas que lo puede hacer cualquiera. Y no, ese es sólo tu don, y debes guardarlo como algo especial. Es únicamente tuyo.

—¡Caray! —dijo—. Esto está bien.

—Hace unos minutos, estabas dispuesto a volver a casa para recapacitar —dijo Laura, sonriendo—. ¿Cómo te sientes ahora?

—Ilusionado. Pero ¿cómo has conseguido llegar a esta conclusión?

Asintiendo hacia Curtis, Laura dijo:

—Lo he vivido. —Y después de decir esto se levantó y se fue a la cocina.

Curtis se revolvió en la silla.

—¡Un botón, Zaine!

Él se rió. Finalmente aceptaba el método. «Sin ninguna duda —pensó—, era el modo de descubrir la carrera para la que había nacido, ¡su razón para vivir!»

Curtis continuó.

—¿Ves el carro rojo del que ya te he hablado antes? —dijo, señalando hacia la esquina—. Como ya te he dicho Mara lo compró para mí. Pues bien, lo he puesto ahí para acordarme de que debo ser sincero conmigo mismo, y hacer lo que ella me ayudó a descubrir: la pasión para expresarme a través de la voz. Es el lazo de unión entre aquel entonces y el tiempo presente. Creo que si hubiera tenido ese método en aquella época, hubiera reunido la confianza y el valor necesarios para seguir con la carrera que yo quería. Sí, Zaine, el método funciona. No esperes treinta años a ponerlo en práctica. ¡Hazlo ahora! Y ten fe en que descubrirás la carrera que te apasiona.

La palabra «fe» le tocó la fibra sensible. Se acordó de cuando su madre le explicaba la historia de la pequeña semilla de mostaza, y cómo, juntando casi los dedos índice y pulgar, le decía: «Sembrando un poco de fe, nada es imposible».

En el trayecto de autobús de vuelta al hotel, observó por la ventana las luces centelleantes del perfil de Nueva York. Le maravillaban los rascacielos y pensó en la gente que trabajaba allí. Pensó en el edificio de las Naciones Unidas y en la diversidad de personas que cada día acudían a él. De repente, reflejada en la ventana del autobús, vio la gran sonrisa de su cara, ya que se le acababa de ocurrir la respuesta de cómo podía reunirse con Leonardi.

Doce

Las puertas del ascensor se cerraron y Zaine ya iba camino de las oficinas de Michael Leonardi, otra vez. A la una del mediodía tenía una cita con Rachel Green, la vicepresidenta.

Había empezado la mañana con una visita al consulado malasio, un edificio de piedra marrón en el lado este de la ciudad donde la bandera de aquel país ondeaba encima de la entrada. Tras una breve espera en el vestíbulo, el cónsul Mohammed Affendi lo recibió en su despacho.

El señor Affendi le informó rápidamente del protocolo de los acuerdos internacionales. Zaine tomó notas, pidió consejos y luego preguntó cómo podía ponerse en contacto con alguien de Leonardi.

El cónsul le informó que el departamento comercial del consulado sólo proporcionaba nombres de empresas a los empresarios malasios. A Zaine se le heló el corazón, pero la cara se le volvió a iluminar cuando añadió:

—Sin embargo, voy al gimnasio con un señor que trabaja allí. Deja que lo llame y veremos si nos puede indicar a la persona con quien tienes que hablar.

Mohammed llamó a Leonardi y habló con su amigo. Le explicó que Zaine estaba en la ciudad para una visita muy corta, que la calidad de su producto era excepcional, y que quería convertirse en proveedor de Leonardi. Lo pusieron en espera.

—Está intentando conectar con la persona más próxima a Leonardi para ver si puede recibirte —dijo, tapando con una mano el auricular.

Unos instantes más tarde, después de conversar brevemente con la señorita Rachel Green, concertó una reunión corta, muy corta, a la una del mediodía.

De la embajada se fue a Brooks Brothers. Allí se compró una camisa oxford blanca, pantalones grises y una chaqueta azul. (Igual que Roy Hawkins.) Se entretuvo bastante tiempo en el mostrador de las corbatas. ¿Una roja? ¿Una verde? ¿Una amarilla? ¿Estampado de cachemir, rayas, dibujos geométricos? El vendedor le sugirió la amarilla con dibujos pequeños, atrevida pero clásica. Se esperó mientras le hacían los bajos de los pantalones y le subían las mangas de la chaqueta. Estaba comprensiblemente nervioso, nervioso por conocer, con un poco de suerte, a Michael Leonardi y nervioso porque él y sus colaboradores no descubrieran su artimaña para llegar hasta allí.

El corazón se le aceleró cuando el ascensor llegó a la última planta. Se abrieron las puertas y se dirigió con confianza a la recepción.

—¿En qué puedo ayudarle? —dijo la recepcionista.

—Tengo una cita con Rachel Green.

—Ah, sí, ¿señor Nasir?

—Exacto. El consulado malasio concertó la cita —dijo, sin poder resistirse a mencionar la inferencia de que aquella reunión tenía grandes implicaciones internacionales.

—La avisaré de que ya ha llegado. Siéntese, por favor —dijo, sonriendo oficiosamente.

Se sentó junto a la cascada. Hacía una semana había metido la mano en la fuente de casa de su padre y ahora estaba observando una cascada en las oficinas de una empresa internacional. Era algo surrealista, «pero pronto —pensó—, llegará la hora de la verdad». Se volvió para ver a las personas que salían del ascensor y desaparecían en todas direcciones por los pasillos. «Vuelven de comer», pensó. Todos parecían tener mucha prisa.

—¿Señor Nasir? La señorita Green le recibirá en su despacho —dijo la recepcionista.

Le indicó que siguiera por el pasillo hasta la última puerta a la derecha. Mientras caminaba por el estrecho pasillo, vio las puertas dobles al final.

—¿Señorita Green?

—Pase, señor Nasir —dijo ella.

Rachel Green debía de tener unos cincuenta años. Llevaba un traje chaqueta de color coral, collar y pendientes de plata y un reloj con grandes números en la muñeca.

—¿Qué puedo hacer por usted? —dijo con palabras cortantes, de forma muy directa, aunque no violenta.

Empezó a explicarle cómo se fijó en las etiquetas de las camisas en la tienda de San Francisco y cómo pensó que quizás...

—Sí, sí, sí —dijo ella impaciente—. ¿Ha traído alguna muestra?

—Sí, he traído dos para enseñárselas —contestó Zaine, abriendo la caja que llevaba bajo el brazo, sacando las camisas y entregándoselas a ella.

Se inclinó sobre la mesa para examinarlas.

De repente, se oyó una voz por el interfono.

—Rachel, ¿puedes venir a mi despacho?

—Ahora estoy atendiendo a una persona, señor Leonardi. Lo envía el consulado malasio. Estaré con usted en un par de minutos. Ahora mismo acabamos.

No se oyó nada más por el interfono.

—Zaine. ¿Puedo llamarle Zaine?

—Sí, señora.

—¿Cuántas camisas fabrica a la semana?

Él todavía estaba intimidado después de haber oído la voz de Michael Leonardi por el interfono. Parecía que todos hablaban de forma rápida y directa, ni una palabra ni un segundo de más.

—¿Cuántas? —repitió ella.

—Mil.

—No es suficiente.

—¿Cuántas fabrican los otros proveedores? —preguntó Zaine.

—Miles.

Al oír que las puertas dobles del despacho contiguo se abrían, Rachel Green se levantó y recogió las camisas de Zaine para librarse de la visita antes de que apareciera Michael Leonardi.

—Zaine, tendrá que perdonarme. El señor Leonardi necesita hablar conmigo. Su trabajo es bueno, muy bueno, pero vuelva cuando fabriquen cinco mil camisas por semana.

Antes de que Zaine pudiera salir del despacho, un hombre pequeño apareció en la puerta. Debía de tener unos sesenta y cinco años y tenía una espesa mata de pelo rubio. Michael Leonardi. El león del logo.

—¿Es usted de Malasia? —dijo, sonriendo.

Rachel Green los presentó.

—Es un verdadero placer conocerle, señor —dijo Zaine.

—¿Estas son sus camisas? —dijo, cogiéndolas de los brazos de Rachel.

—Sí. Mi padre y yo las fabricamos en Batupura, que está a unas dos horas al norte de Kuala Lumpur. —Notó que empezaba a parlotear por el nerviosismo, así que se controló.

Leonardi se tomó su tiempo para examinarlas con calma.

—Y dígame, ¿cuántas fabrican a la semana? —preguntó.

—Mil —dijo la señorita Green.

—Mil —repitió Leonardi—. Bueno, no son suficientes para nuestra oferta normal, pero venga a mi despacho. Tú también, Rachel.

El despacho de Leonardi era una autobiografía pictórica. Las paredes estaban llenas de fotos enmarcadas y colgadas por grupos: fotos de familia, fotos de los primeros tiempos de la empresa hasta la actualidad, y fotos de personas conocidas con camisas que llevaban impreso el logo de Leonardi. A Zaine le intrigó mucho ver que junto a cada foto de un famoso había un pedazo de tela de la camisa que llevaba puesta.

Había sillas y butacas muy mullidas que hacían que aquel despacho pareciera más un refugio que una empresa internacional. La mesa de Leonardi era grande y sencilla, de madera de cerezo. La silla, con un respaldo recto, tenía unos grandes apoyabrazos y estaba tapizada con una tela de color arándano y crema. Él se sentó a su mesa y Rachel y Zaine frente a él.

—¿Cuánto tiempo llevan fabricando camisas como estas? —preguntó.

—Mi padre lleva, no sé, unos treinta años en el negocio. Aunque abrimos la fábrica hace unos nueve.

—¿Y fabrican mil camisas a la semana?

—Sí.

Leonardi se echó hacia atrás.

—¿Rachel le ha hablado de nuestra Colección de Calidad?

Ella negó con la cabeza.

—Bueno —dijo Leonardi—. El próximo otoño vamos a lanzar al mercado nuestra Colección de Calidad. Se trata de camisas de alta calidad a un precio para privilegiados. Ahora estamos contratando a pequeños proveedores cuyo trabajo es de una calidad, digamos, igual que la de ustedes —dijo, apreciando la textura de las camisas.

Zaine intentó controlar los nervios y la emoción. «Concéntrate, concéntrate, concéntrate», se dijo.

—¿Qué es lo que le gusta de nuestras camisas, señor Leonardi?

—Bueno, es obvio a primera vista —contestó él—. Aguja simple, puntada larga, botones de perla francesa biselada...

—Utilizamos 22 puntadas por botón —interrumpió Zaine.

—Y unos acabados muy buenos. ¿Hilo teñido o tela teñida?

—Hilo teñido.

—Sí. Esta es la clase de trabajo que nos gusta ver. ¿Qué tamaño tienen?

—Fabricamos mil camisas...

—No, me refiero a los metros cuadrados.

—Novecientos metros cuadrados. Utilizamos la fórmula del dos por diez: dos cortadoras para cada diez operadores por trescientos metros cuadrados.

—¿Y las máquinas? —preguntó Leonardi.

—Aguja simple de alta velocidad. Tenemos una máquina que funciona por ordenador...

Leonardi agitó la mano.

—Manténganse fieles a lo que tienen. A esas máquinas por ordenador se les da más un uso casero.

—¿Qué margen de crecimiento tienen? —preguntó Rachel.

Leonardi se echó hacia atrás y observó.

—Podemos doblar nuestra producción.

—Así que podrían fabricar dos mil camisas a la semana —dijo ella.

—Sí —respondió Zaine.

Leonardi se inclinó sobre la mesa.

—¿Podrían doblar la producción? ¿Tienen el capital para hacerlo?

—Creo que sí, señor. —Zaine no estaba seguro de llegar a un acuerdo sin la aprobación de su padre, pero decidió arriesgarse—. ¿Está interesado en que fabriquemos camisas para usted? —preguntó.

Leonardi sonrió.

—Sí. Teniendo en cuenta el trabajo que tengo entre manos, creo que sí.

Zaine percibía la tensión de Rachel Green en la silla de al lado.

—¿Cómo ha llegado hasta nosotros? —preguntó Leonardi.

Zaine le explicó lo impresionado que se había quedado al ver la tienda de San Francisco.

—No, me refiero a cómo consiguió la cita con la señorita Green.

—Yo, eh, necesitaba hablar con alguien con poder de decisión —dijo Zaine, señalando a Rachel—. Pensé que en el consulado malasio podrían ayudarme. Ya sabe, diferenciarme de alguien que llega aquí con un par de camisas bajo el brazo —dijo, con una sonrisa infantil en la cara, esperando su reacción.

Leonardi se rió. Rachel también, aunque fue una sonrisa forzada.

—De modo que... —dijo, más relajado—. Aquí estoy.

—Perdóname, Michael —dijo Rachel—, con todos mis respetos hacia la ingenuidad del señor Nasir, y sin desmerecer la calidad de sus camisas, debo decirte que no sabemos nada de su empresa.

—Ya lo sé, Rachel —contestó Leonardi, sonriendo a Zaine.

—Puedo garantizarle que cumpliremos sus requisitos. Mi padre insiste sobre todo en la calidad. ¿Y no es eso lo que más les preocupa?

Leonardi no dejó de sonreír. Rachel estaba inexpresiva.

—¿Qué hora es en Malasia? —quiso saber Leonardi.

—¿La hora? —dijo Zaine. Miró el reloj y calculó las trece horas de diferencia—. Las dos y media de la madrugada —respondió.

—Supongo que es demasiado tarde para llamar a su padre, ¿verdad?

—Ah... no. Podemos llamarlo. A veces no duerme demasiado bien. Quizás esté despierto.

Leonardi se rió y le pasó el teléfono.

Rachel Green parecía algo incómoda. Mientras Zaine marcaba, ella se levantó, se colocó detrás de la silla de Leonardi y le dijo algo en voz baja. Este asentía mientras su vicepresidenta hablaba, luego la miró, sonriendo, y le dio unas palmadas en el brazo. Ella se puso derecha, volvió a sentarse y cruzó los brazos encima del pecho.

Atan estaba dormido, pero Zaine habló con él como si no lo hubiera despertado. Le dijo dónde se encontraba, que a Leonardi le gustaban las camisas, le habló de la Colección de Calidad, de que quizá los contrataran como proveedores porque su trabajo era excelente y que al señor Leonardi le gustaría hablar con él.

Antes de que Atan pudiera decir algo, Zaine le pasó el auricular a Leonardi. Le hubiera gustado haber hablado más tiempo con su padre, pero después de ver cómo se comportaban Rachel Green y Michael Leonardi, pensó que lo mejor sería actuar igual que ellos: de un modo directo.

—Hola, señor Nasir. Soy Michael Leonardi.

Hablaron de cifras, y al cabo de un rato, bastante corto, Leonardi le volvió a pasar el auricular a Zaine.

Todo lo que Atan pudo decirle a su hijo fue:

—Creceremos. Bien hecho, hijo.

—Te llamaré pronto, papá.

—Michael, ¿has llegado a un acuerdo con el señor Nasir? —preguntó Rachel.

—Así es —dijo Leonardi, guiñándole un ojo.

Se volvió hacia Zaine y le dijo:

—Recibirá las instrucciones y nos enviará muestras de varias tallas. Si lo aprobamos, le ofreceremos una tirada inicial de mil camisas por docenas. Empezaremos por ahí.

Rachel Green parecía un poco más relajada ahora que sabía que Leonardi podría anular el contrato en el caso de que las muestras no cumplieran los requisitos.

—Rachel, mientras hablo con Zaine, ¿te importaría ocuparte de que Harriet o alguien redacte el contrato? Luego vuelve, por favor.

A Zaine le costaba mantener una cara de negocios cuando por dentro estaba dando saltos de alegría.

—Dígame, señor. ¿Cómo empezó en este negocio? —le preguntó.

No podía haber preguntado nada mejor. A Leonardi le encantaba explicar su historia.

—Mi padre era sastre en Verona —empezó—. Cuando yo era pequeño, él trabajaba fuera de casa, y luego abrió su propia tienda. Allí lo aprendí todo sobre este trabajo. Era muy rápido con las máquinas. A los dieciséis años, me dio cincuenta dólares y me envió a Estados Unidos.

—¿Por qué?

—Porque quería que llegara más lejos que él. Tenía la sensación de que esta era una tierra donde sólo tienes que trabajar duro para hacer fortuna. Así que vine a Nueva York y busqué trabajo.

Zaine se apoyó en el respaldo, disfrutando de la historia.

—Un hombre muy amable necesitaba un ayudante y me contrató. Pero yo, en mis ratos libres, me dedicaba a fabricar corbatas, y cada vez que le hacía una camisa a un señor, le vendía una corbata.

Zaine no pudo evitar reírse ante la astucia de Leonardi.

—Un día, un gran fabricante de camisas entró en la tienda y se fijó en las corbatas. «¿Quién las ha hecho?», preguntó. Mi jefe le dijo que las hacía yo y el señor me preguntó cuántas podía fabricar a la semana. Se lo dije y allí mismo me contrató para que le hiciera corbatas. Nos envió el material y yo las hice.

Zaine lo escuchaba con mucha atención.

—Más tarde, le propuse a mi jefe que expandiéramos el negocio, pero él estaba satisfecho con lo que tenía, así que decidí trabajar por mi cuenta. Al poco tiempo, el fabricante de camisas me contrató no sólo para que le hiciera corbatas, sino también camisas, siguiendo sus instrucciones. Me instalé en una pequeña ciudad al norte del estado de Nueva York. Abrimos un local más grande para poder realizar todos los pedidos. Allí también formé una familia y las cosas nos fueron muy bien. Un día, mi mujer me propuso que fabricara mi propia marca de camisas. Sería un negocio familiar, mis hijos me ayudarían. Y así hemos seguido hasta hoy. Por el camino me di cuenta de que el negocio en sí me atraía mucho más que diseñar y fabricar. He de reconocer que me encanta reunir las piezas.

Zaine se removió en la silla. Leonardi estaba utilizando las mismas palabras que había utilizado él cuando había hablado con Laura.

—Zaine —le dijo Leonardi—. En este mundo hay dos tipos de personas. Las que les encanta trabajar en el negocio y las que les encanta trabajar con el negocio. A tu padre le apasiona trabajar en el negocio: tocar la tela, pasar por la máquina y crear una camisa. A ti y a mí nos encanta el negocio en sí mismo. A algunos les gusta ser el chef y a otros los propietarios del restaurante, ¿no es cierto?

—Y dígame, señor Leonardi, ¿cuándo supo que lo que le apasionaba era el negocio y no el trabajo manual?

—Lo supe en el momento en que aquel hombre me encargó que hiciera corbatas para él. Lo que me apasionaba no eran las corbatas, sino el negocio de venderlas. Jamás me canso de reunir piezas: fabricantes, compradores, vendedores, publicistas —dijo, dando un golpe en la mesa con la mano—. Por eso me levanto cada mañana.

Trece

Cuando salió a la calle, estaba rebosante de alegría. Entonces en voz baja dijo:

—Rayna, he encontrado mi pasión. La he encontrado, la he encontrado, ¡la he encontrado! ¡Y ahora vuelvo a casa!

Pensó, «esto es lo que se siente cuando quiero algo tanto como quiero a Rayna. Este es el sentimiento que tiene mi padre cuando toca las camisas que fabrica. Por eso los que descubren lo que quieren hacer en la vida son tan felices».

Al entrar en el hotel, estuvo a punto de ponerse a bailar en el vestíbulo. Tomó el ascensor y, cuando al final cruzó el umbral de la puerta de su habitación, dio un grito: «¡Sí!». Una descarga de electricidad le recorrió el cuerpo: había triunfado con el mayor vendedor de camisas del mundo. Levantó el auricular del teléfono y llamó a su padre.

—Papá. Soy yo. Hemos llegado a un acuerdo, y ahora sé lo que realmente me apasiona.

—¡Es maravilloso! Explícamelo todo. ¡Todo!

—Ya te lo explicaré cuando llegue a casa. Es impresionante. Papá, ahora tengo una visión clarísima de lo que tenemos que hacer para crear nuestro propio negocio a escala internacional.

—Felicidades, hijo. Apenas puedo esperar a verte y oír esa historia.

—¿Sabes si Rayna está en casa?

—No lo sé. No ha llamado.

—Bueno, pues si llama, tú no le digas nada. Me gustaría ver la cara que pone cuando le dé la noticia.

Zaine colgó. No podía dejar de sonreír, regodeándose en la fortuna de su logro. Habían dado un paso adelante. La responsabilidad del crecimiento del negocio había pasado de padre a hijo. Habían definido sus papeles.

Tenía la sensación de que había pasado un siglo desde aquel día en la galería de su padre, cuando se sintió como un adolescente destrozado por dentro después de haber recibido la carta de Rayna, y, por si eso hubiera sido poco, encima tuvo que hacer frente a los razonamientos de su padre y marcharse de casa. «Sin embargo —pensó—, mira lo que pasa cuando entiendes cuál es tu don y lo aceptas y actúas en función de él, asegurándote un destino a fuerza de fe.» Agitó la cabeza, maravillado ante las consecuencias de sus actos.

Vio la nota de Rayna en la mesilla de noche. La cogió, se estiró en la cama y volvió a leer la última línea.

Pienso en ti a menudo... y luego pienso en ti un poco más.

Dejó caer la carta sobre el pecho, cerró los ojos y sonrió.

Catorce

Estaba en la recta final de su viaje: diecisiete horas de vuelo. Leyó varias revistas *Sports Illustrated*, hizo los crucigramas y habló con la mujer japonesa que se había sentado a su lado.

Casi todas las luces para leer estaban apagadas, pero la suya seguía encendida. Cogió unas hojas de papel y les escribió una carta a los Tredway.

Queridos Laura y Curtis:

¡Muchas gracias por la noche más importante de mi vida! Os escribo desde el avión que me lleva de vuelta a casa.

¡Tengo un contrato con Leonardi! ¿No es genial? Conseguí una cita a través del consulado malasio. ¿Qué os parece? Ingenioso, ¿verdad?

Durante nuestra reunión, Leonardi me explicó la historia de su vida. Resulta que le apasiona el negocio de fabricar camisas. ¿Os suena? Llegar hasta Leonardi no era, después de todo, un deber sólo por mi padre. Mi pasión me llevaba hacia él. Gracias por hacérmelo ver.

Pasaré a ver a Mara en mi viaje de regreso de

Kuala Lumpur a Batupura y le hablaré de nuestro encuentro. Le encantará, lo sé.

Soy tan afortunado de haberla conocido y de haber llegado hasta vosotros a través de ella.

Os enviaré fotos de la fábrica y de Rayna y de mí juntos.

Con todo mi cariño,

Zaine

Luego cogió otra hoja de papel.

Querido señor Hawkins:

¡No se va a creer la suerte que he tenido! Fui a Nueva York y conseguí que Michael Leonardi me contratara para fabricar camisas para él en nuestra fábrica de Malasia.

Aunque eso no es todo. Conocí a Laura y Curtis Tredway: unos amigos de una persona que conozco de Malasia. Hablamos acerca de su método y del don que usted dijo que yo tenía. Laura dijo que usted tenía razón en el objetivo.

Me dijo que organizar y desarrollar era exactamente lo que estaba intentando hacer al querer contactar con Leonardi. Es increíble lo ciego que estaba ante algo que tenía delante de mis narices, y no supe verlo. La razón por la que me costó tanto era porque no había <u>aceptado</u> mi don.

Laura me habló de adorar el negocio de los

negocios. Podría ser cualquier negocio. Me dijo que, analizando mi pasado, lo que a mí me encantaba hacer era reunir elementos, completar un proyecto; algo parecido a lo que hace un director de orquesta para que los músicos toquen en perfecta armonía. Lo importante es que usted me dijo que le escribiera si descubría algo que añadir al método. Pues bien, lo que yo le añadiría sería aceptación. La manera de descubrir tu pasión es acceder, aceptar y actuar.

Curtis tenía una institutriz que lo paseaba en un carro rojo. Todavía conserva el carro, lo tiene en el salón para acordarse de que siempre debe ser fiel a sí mismo. Así que, he estado pensando. ¿Y sabe aquellos polos con el símbolo del caballo, o el oso, o el león de Leonardi? ¿Qué le parecería una colección de camisas para niños con un carro rojo como logo? Y con cada camisa una etiqueta con una frase que anime a la persona que la compre a seguir siempre su corazón.

Bien, señor Hawkins, gracias por hablar conmigo. Ahora tengo una visión y puedo poner en práctica su Sistema del Éxito, y todo porque usted me facilitó un método para descubrir la carrera para la que había nacido.

Sinceramente,

Zaine Nasir

Sólo entonces, con una enorme sensación de paz, reposó la cabeza en la almohada y observó la noche por la ventana. Le parecía que de los motores del avión salía música mientras se imaginaba al lado de la mujer que quería: Rayna.

Se vio bailando con ella, bailando rodeados por las estrellas. Sonrió y la imagen desapareció, la música también y volvió a escuchar los motores del avión que surcaban el cielo en la noche sobre el Pacífico y lo llevaban hasta la mujer con la que compartiría su pasión.

Epílogo

Es muy interesante observar los recursos personales a los que Zaine tuvo que recurrir para descubrir su pasión.

Tomó la iniciativa y, por propia voluntad, conoció a personas que sabía que debía conocer. Al atreverse a conectar con los demás consiguió que su esfera de influencia se ampliara. Los expertos dicen que conocer a gente nueva es la vía más adecuada y eficaz para conseguir un trabajo o crear una empresa.

En muchas ocasiones, sus preguntas eran abiertas y esto fue algo que le reportó la máxima información posible.

Sabía escuchar.

Por último, estaba deseando probar cosas nuevas. A veces le costaba un poco, pero nunca dejó de perseverar.

«Es aburrido hacer una pausa, un punto y aparte,
Dejar que algo se oxide, ¡que no tenga el brillo del uso!...
Somos lo que somos; un carácter igual de corazones heroicos,
Debilitados por el tiempo y el destino, aunque recios en voluntad
Para luchar, buscar, descubrir, y no ceder.»

—ALFRED, LORD TENNYSON, *Ulises*

Nota sobre el autor

La voz de Arnie Warren es muy conocida en Estados Unidos porque es presentador de televisión y radio. Su carrera lo ha llevado desde el programa de más audiencia de la radio matinal de Miami a la CBS Radio, cuyo trabajo en *Radio and Records* le valió el calificativo de uno de los mejores entrevistadores del país. Su voz también puede escucharse en los libros que graba para ciegos para la Biblioteca del Congreso.

Ha dirigido seminarios desde Miami hasta la costa oeste que culminaron en la publicación de su primer libro, *La Gran Conexión*, una historia que te enseña a conectar con los demás, ¡sobre todo con uno mismo!

En la actualidad vive en Florida.

Otros libros de
Empresa Activa

La caja

Según sus autores, las personas sometidas al autoengaño viven y trabajan como si se encontraran encerradas en una caja. Ciegas a la realidad circundante, van minando tanto su propio trabajo como el de los demás. Pero el problema es que, como están encerrados en la caja, no se dan cuenta de ello y, por tanto, no hacen nada por cambiar. Y así, sus resultados tampoco varían.

Tal como se expone en esta obra, se trata de un fenómeno bastante frecuente en el mundo empresarial. La mayor parte de gente pasa mucho tiempo ahí encerrada, y es la multiplicación de cajas la raíz de muchos de los problemas que impiden un mejor rendimiento laboral, afectando a aspectos como el liderazgo, el trabajo en equipo, la comunicación, la responsabilidad, la confianza, el compromiso y la motivación.

Pero no todo son malas noticias: existe una solución frente al autoengaño y las costosas consecuencias que se derivan de él. A través de una historia entretenida y muy instructiva, *La Caja* explica qué es el autoengaño, cómo cae en él la gente, de qué manera destruye el rendimiento organizativo y ¡lo más importante! cuál es la sorprendente manera de acabar con él.

Fish!

¿Tiene algo que ofrecer un mercado callejero a una multinacional con problemas? Mary Jane, una ejecutiva de esa empresa, descubrirá que sí, y mucho. El departamento en que ella trabaja es temido y odiado por todos los demás empleados de la empresa. ¿Por qué? Porque en él todo se atasca y se retrasa. Además, el personal que trabaja ahí parece perpetuamente malhumorado o desinteresado en hacer bien su tarea.

Sin embargo, Lonnie el pescadero o cualquiera de los demás vendedores no sólo parece que estén pasándoselo bien, sino que, además, los clientes están encantados y es la pescadería que más vende. Siguiendo los consejos de Lonnie, Mary Jane logrará infundir motivación a su departamento y logrará que deje de ser el «basurero tóxico», como lo calificaban el resto de compañeros.

La historia de *Fish!* y los principios en ella expuestos muestran cómo renovar el interés de los empleados que realizan funciones administrativas, de tipo logístico y de apoyo a los departamentos «estrella» de la empresa. Los autores conocen y aplican la profunda necesidad que todos tenemos de sentir que lo que hacemos importa, que contribuye al éxito de la empresa y al deseo de disfrutar de nuestro trabajo.

Este libro va a ser una gran ayuda para quien desee redefinir cómo siente y opina acerca de su trabajo; porque gracias a estos consejos descubrirá que puede encontrar satisfacción y diversión en su vida laboral cotidiana.

El millonario instantáneo

¿Por qué algunos logran convertirse en millonarios mientras otros sólo sueñan con llegar a serlo? El millonario Mark Fisher ha escrito una guía clara y estimulante.

¿Es que un millonario trabaja el doble que el resto de los mortales? Con un diálogo ágil y una acción llevada como una novela de suspense, el millonario Mark Fisher ha escrito una guía clara y convincente que resultará muy estimulante para sus lectores.

Después de todo, lo que verdaderamente le ha importado a Mark Fisher en su vida ha sido poder demostrar a los hombres de poca fe el extraordinario poder de nuestras facultades mentales.